I0667982

Olaf Maly

Mord in der Manege

Eine Kommissar Wengler Geschichte

Zu diesem Buch:

Es ist April in München. Der Fasching ist vorbei, die Biergärten sind noch geschlossen. Auch das Wetter lässt zu wünschen übrig. Um diese Zeit herum nichts Ungewöhnliches. Trostlose Tage eben. Wäre da nicht der Zirkus, der willkommene Abwechslung verspricht. Jedes Jahr um diese Zeit warten alle auf ihn, den Wagenzug, der Träume erweckt. Die kleinen und die großen Kinder. Ein Zug, der uns in eine Welt eintauchen lässt, in der wir auch gerne leben würden, hätten wir nur den Mut dazu. In eine Welt, die wir nicht verstehen, die uns aber immer wieder aufs Neue fasziniert. Es ergibt sich allerdings, dass dieser fahrende Tross gerade hier in München seine schwärzeste Stunde erleben muss. Der Eigentümer, Direktor und Conférencier – kurz, die Seele des Unternehmens – wird tot in der Manege aufgefunden. Rätselhafte Beziehungen, Teil dieser mysteriösen Gesellschaft, machen es nicht einfacher für Kommissar Wengler, den wahren Täter zu finden. Man gibt ihm Hinweise, die nur eine Person infrage zu kommen lassen scheinen. Doch der Kommissar hat zu viel Erfahrung, als dass er sich von solchen Hinweisen beeinflussen ließe.

© 2015 Olaf Maly

Umschlag, Illustration: Vivian Tan Ai Hua
                                 http://facebook.com/aihua.art

Bildrechte Umschlag: Hintergrund Oktoberfest
                                 © pico - Fotolia.com, 59883196
                                 Jester clown
                                 © alphaspirit: 81521178

Lektorat, Korrektorat: Theresia Riesenhuber,
                                 Wortgewalt München

Bildrechte Portrait: James Forbush
                                 New York, NY; Sarasota, FL
                                 Jamesforbush.com

Verlag: createspace.com

Mord in der Manege, 3. Auflage 2015

ISBN
Paperback   978-0-6922-4703-7
e-Book   978-3-7368-2297-9

Printed in Germany

Das Werk, einschließlich seiner Teile, ist urheberrechtlich geschützt. Jede Verwertung ist ohne Zustimmung des Verlages und des Autors unzulässig. Dies gilt insbesondere für die elektronische oder sonstige Vervielfältigung, Übersetzung, Verbreitung und öffentliche Zugänglichmachung.

Mord in der Manege

Ein Kommissar Wengler Roman

von

Olaf Maly

© Olaf Maly

Es verdunkelt sich die Seele, wenn man immer nur das Böse sieht.

Kapitel 1

Wenn im April die ersten Krokusse durch den noch halb gefrorenen Boden sprießen, wenn die Sonne die letzten schmutzig-grauen Schneeberge, die man über den Winter aufgeschüttet hatte, langsam wegschmelzen lässt und nur noch schwarz glitzernder Sand übrig bleibt, dort an der Theresienwiese, dann kommt der Zirkus nach München. Jedes Jahr um dieselbe Zeit. Immer in der ersten Hälfte des Aprils.

In Münchens eigenem Zirkus, der während der Winterzeit in einem festen Bau seine glorreichen Tage hat, wurden schon vor Wochen die Zelte zusammengepackt. Man hat sie auf die großen Wagen gebunden, wie alles, was man braucht, um den Kindern große Augen zu machen. Auch den großen Kindern, die nicht herausgewachsen sind aus den blauen Schuhen mit den kleinen Riemchen, den kurzen Röckchen, den zu kurzen Hosen. Der Clown hatte noch seine letzten Tränen vergossen, am letzten Abend, bei der letzten Vorstellung. Tränen, die wie Fontänen aus seinen Augen spritzten. Man musste darüber lachen, wenn er so bitterlich weinte. Er würde seine Kinder nicht wiedersehen. Jedenfalls nicht für eine Weile. Grund genug zu weinen.

Die Musik war zu Ende. Alle standen auf und hofften, dass es nicht das letzte Mal war. Aber die Hoffnung war vergebens. Die Lichter würden ausgehen, die Türen verschlossen, die Ställe für die Tiere würden verwaist sein. Bis zum nächsten Jahr. Bis zum nächsten Weihnachten.

Es war Tradition in München, dass man um die Weihnachtszeit in den Zirkus ging. Es gehörte dazu. Weihnachten war nicht Weihnachten, wenn man nicht im Zirkus gewesen war.

Aber Weihnachten war lange vorbei. Die Zeit, in der man nicht genau wusste, was man machen sollte, war angebrochen und würde sich noch Monate hinziehen. Man hatte keinen Halt, man konnte sich nicht auf irgendwelche Tage freuen. Außer Ostern, aber das war zu weit weg. So weit wie der Mond und der Frühling. Ja, da war noch der Fasching, aber der war in München auf ein paar Tage beschränkt. Und auf ein paar Bälle für die Tanzverrückten. Danach kam die Fastenzeit. Nach den Regeln der Kirche durfte man nichts essen, sondern nur trinken. Bier vor allem, und das in jeder Menge. Also hat man den Nockherberg erschaffen. Nicht richtig erschaffen, sondern eher als Tradition weitergeführt, seit dem 17. Jahrhundert. Die Paulaner Mönche haben diese Tradition eingeführt. Da diese sich nur sehr karg ernähren durften und in der Fastenzeit noch weniger zum Essen hatten als ohnehin, kamen sie auf die Idee, flüssiges Brot einzuführen. Das Starkbier eben. Und das schon vor 280 Jahren.

Auch einen Biergarten hat man am 'Berg', wie man diese Stätte gemeinhin nennt – und jeder in München weiß, was damit gemeint ist. Nur, um diese Zeit war der geschlossen. Es war erst April, also noch kein Sommer. Jedenfalls nicht in München. Es dauerte noch lange, bis man endlich wieder in den Biergarten gehen, man an der Isar die Füße in das kalte Wasser stecken und sich eine tropfende Nase holen konnte.

Dazwischen aber gab es den Zirkus auf der Theresienwiese. 'Zirkus Tropkow' stand auf den Plakaten, die man schon Tage vorher auf allen Litfaßsäulen sehen konnte. Wenn auch noch nicht mal ein einziger Wagen angerollt war. Die Vorhut hatte sie angeklebt. Die Kinder liefen dann herum und teilten es jedem mit, der es wissen wollte. Oder auch nicht wissen wollte.

„Der Zirkus kommt!", riefen sie, „der Zirkus kommt!"

Und sie konnten nicht laut genug schreien.

Dann, an einem Montag – es war immer ein Montag – kamen sie, in einer langen Prozession. Ein Wagen nach dem anderen. Erst die Wagen mit dem blauen Zelt, den großen Stangen und langen Seilen. Dann die kleineren, mit den vergitterten Fenstern für die Tiere. Früher wurden diese Wagen von Pferden gezogen, davor marschierte die Kapelle, die immer diese Musik spielte, die man nur im Zirkus hörte. Marschmusik. Trommelwirbel, wenn es besonders spannend werden sollte. Trompeten für den Clown, der meist stumm seine Späße machte und dem man dadurch eine Stimme verlieh.

Rote Uniformen hatten die Musikanten an, mit goldenen, glitzernden Aufsätzen auf der Jacke und einem goldenen Streifen an der Hosennaht. Der Tambour war immer auch der Conférencier, der während der Vorstellung allen mitteilte, wer als Nächstes seine

Kunst darbieten sollte. An diesem Tag, beim Einmarsch in die Stadt, war er der erste, der dem Volk seine Truppe vorstellte.

Nach den großen Wagen und denen mit dem Gitter am Fenster kamen dann die Wohnwagen und die Mannschaftswagen. Den Abschluss bildeten die Versorgungstruppen und der Kassenwagen. Elefanten und Pferde, manchmal auch Kamele, liefen neben den Wagen, bestaunt vom Spalier der Menschen an der Straße, die so etwas oft noch nie gesehen hatten.

Heute waren es Lastwagen, große Trucks, wie man sie nannte, die einfach alles hinter sich herzogen, als wäre es einfache, wertlose Ware. Zirkus ist keine Ware. Er ist eine Institution, ein Traum, den man sehen und erleben kann, in dem man aufgehen kann, ohne eingeschlafen zu sein. Man hat ihm dadurch die Illusion genommen. Die moderne Technik hat ihn der Illusion beraubt und zu etwas Profanem gemacht. Man muss nun träumen, um sich verzaubern zu lassen. Es gab keine Kapelle mehr, die voran marschierte, keinen Tambour, der den Stock schwang und seine mit Gold eingefassten Zähne breit dem Publikum am Straßenrand darbot. Es war einfacher geworden.

An einem Montag im April standen sie einfach auf einmal auf der Theresienwiese und bauten ihr Zelt auf. Für die erste Vorstellung am Mittwochnachmittag. Und keiner hatte am Straßenrand gestanden und ihnen zugejubelt. Sie waren einfach da. Der ganze Zug der Wagen war ganz einfach zur Theresienwiese gefahren, ohne Aufsehen zu erregen. Keiner hat zugesehen. Auch Kinder haben die bunten Wagen nicht mit großen Augen bestaunt. Es gab niemanden, der sie bestaunt hätte. Einfach so, ohne etwas zu sagen, waren sie eingetroffen.

Kapitel 2

Kommissar Wengler mochte Zirkus. Jeden Zirkus. Besonders den Münchener Zirkus. Es war Tradition bei den Wenglers – wie bei vielen Familien in München – um die Weihnachtszeit in den Zirkus zu gehen. Man kaufte die Karten schon für das nächste Jahr, sobald die Vorstellung vorbei war. Es war schon ein Ritual geworden. Wie man den Weihnachtsbaum aufstellte, das Christkind am Heiligabend mit einer Glocke ankündigte und den Weihnachtsteller mit all den süßen Sachen bestückte, die man am Abend zuvor auf dem Weihnachtsmarkt gekauft hatte.

Früher, kurz nach dem Krieg, hatte der Zirkus ein paar Jahre Pause. Auch die Weihnachten waren nicht sehr üppig. Aber sobald es ging, schon wenige Jahre nach Ende des Krieges, führte man den Zirkus weiter. Sogar die Elefanten hatten die zerstörerischen Jahre gut überstanden. Sie waren die Attraktion. Das, worauf man das ganze Jahr gewartet hatte.

Für viele war diese Zeit vorbei. Aber nicht für Herbert Wengler. Jedes Jahr noch leistete er sich eine Karte in der Loge, die zweite Reihe am Ring. Nie die erste Reihe, niemals. In dieser Reihe war man Opfer des Clowns oder des Zauberers, je nachdem, wer gerade jemanden in der Manege brauchte. Meist, um diesen Freiwilligen dann dem Gelächter des restlichen Publikums auszusetzen. Und das war nicht, was er wollte. Er wollte nicht zur Lachnummer werden. Er wollte zum Zirkus.

An diesem Montag im April, an dem der Zirkus in die Stadt kam, hatte er auch nicht daran gedacht, mehr damit zu tun zu haben, als eben seinem Kindheitstraum nachzuhängen und in die Welt der Wunder einzutauchen. Im Gegenteil. Er war missmutiger Laune, als er am Morgen im Büro eintraf. Er warf seine warme Jacke, seinen Schal und den Hut auf einen Stuhl in der Ecke und setzte sich an seinen Schreibtisch.

„Wenn's jetzt nicht bald wärmer wird, Armin, fahr ich in die Karibik!"

„Werden Sie nicht, Herr Kommissar. Dort würden Sie nur zerlaufen wie eine Kugel Eis in der Julisonne. Außerdem müssten Sie dorthin fliegen und das machen Sie ja schon gar nicht."

„Da hast recht, Armin. Bis ich einmal in eine dieser Konservendosen einsteig, müssen die mich auf einem Stuhl reinfahren, auf dem ich festgebunden bin."

„Sie könnten mit dem Schiff fahren. Ich glaube, da gehen immer Schiffe hin, von Hamburg aus oder Bremen."

„Und dann zwei Wochen auf einem Kahn, wo es nur sogenanntes 'gutes' Essen gibt, das ich schon überhaupt nicht leiden kann. Ich musste einmal zu so einem Abendessen, da drüben im Spatenhaus. Mit dem Polizeipräsidenten, glaub ich, oder seinem Vertreter. So genau weiß ich das nicht mehr. Waren viele Leute. Schon ein paar Jahre her. Hab nichts gefunden auf der ganzen verdammten Karte, nichts. Bin danach noch in die Hundskugel und hab mir ein Lüngerl mit

Semmelknödel reingezogen. Kann mir gestohlen bleiben, der Fraß. Egal wie viele Sterne der hat. Als ob man die Sterne essen könnte! Aber das Bier wenigstens war gut. Und gute Weißwürste sollen die haben, aber die hol ich mir lieber beim Toni. Kosten die Hälfte."

„Dann müssen Sie halt hier bleiben und das Wetter ertragen, Herr Kommissar."

Der Kommissar hatte etwas zugenommen über die Feiertage und die Fastenzeit, die immer seine Lieblingzeit war. Oben am Nockherberg, an den langen Tischen und bei den noch längeren, politischen Diskussionen. Da konnte man nicht ohne etwas zu trinken und zu essen nur einfach so dasitzen und Löcher in die Luft starren, wie er immer sagte. Da musste man eben etwas zu sich nehmen. Und die Diskussionen waren langatmig. Und feucht. 'Schandi' nannte man ihn am Tisch, da jeder wusste, dass er bei der Polizei arbeitete. 'Schandi' war die liebevolle Abkürzung für Gendarm, ein französisches Wort, das man in den bayerischen Sprachschatz übernommen hatte. Nicht ohne ihm ein bayerisches Flair zu verpassen.

Vieles wurde schon zurzeit Ludwig XIV., dem Sonnenkönig, von den Franzosen übernommen. Es war Mode, sich in Französisch zu unterhalten, und nur wer Französisch konnte, galt etwas in der Gesellschaft. Eine zweite Flut frankophiler Euphorie in Bayern gab es zu Zeiten Napoleons. In dieser Zeit kamen Wörter zustande wie Parasol, der Regenschirm. Wenn man es eilig hatte, war man 'pressant'. In der Kneipe saß man sich vis á vis, heißt: gegenüber. Mit der 'oiden Schäsn', hergeleitet von Kutsche, bezeichnete man – nicht sehr galant – ältere Frauen, denen man die Jahre nur mehr als ansah. Auch Wörter wie Trottoir, Kuvert, Plumeau, und viele andere, fanden den Weg in den bayerischen Sprachschatz, wenn sie auch oft heute etwas ganz anderes bedeuten.

Der Kommissar war also der Schandi, was nicht ohne Respekt zu verstehen war. Man achtete ihn und fand immer ein gutes Wort, um seine Arbeit zu würdigen. Der Heiminger Toni, der den Wurstladen am Viktualienmarkt hatte und ihn gut kannte, da der Kommissar des Öfteren seine Brotzeit dort kaufte, war immer besonders angetan. „Hast jetzt wieder einen erwischt, hab ich in der Zeitung g'lesen. Einen, der's nicht hat erwarten können, auf Staatskosten nach Stadelheim zu ziehen. Wie macht's ihr des nur immer wieder? Respekt, Respekt. Halt's nur unser schöne Stadt sauber und ich mach euch gute Würscht." Damit hob er seinen Masskrug und schlug ihn gegen den vom Kommissar, setzte an und leerte ihn in einem Zug. Der Toni brachte gute 180 Kilo auf die Wage, sein Bauch konnte also einiges fassen. Sowohl an Bier als auch an Nahrung. Er war eine gute Seele, der Toni. Seine Frau, die Zenzi, hat ihn viel zu früh verlassen. Einfach so, ist sie eines Tages umgefallen und nicht mehr aufgestanden. Er konnte nicht lange trauern, da er jeden Tag um spätestens 3 Uhr morgens in der Wurstküche stehen musste, damit um 9 Uhr, wenn der Laden aufmachte, die Sachen fertig waren. 'Das hätt sie so wollen', sagte er zu seinen Kunden immer, wenn sie ihn fragten, warum er nicht einmal eine Pause einlegte. Nur zugenommen hat er von diesem Tag an. Er war immer schon ein wenig füllig, wie Metzger es eben sind. Das bringt der Beruf wohl so mit sich. Aber jetzt nahm es Ausmaße an. Besonders auch wegen des Biers.

„Wenn'st so weiter säufst, Toni, haben wir dich nicht mehr lang", meinten seine Freunde.

„Ja, dann", erwiderte er darauf immer, „bin ich halt eher bei meiner Zenzi."

Damit war die Diskussion stets zu Ende und der Toni nahm noch einen kräftigen Zug.

Das war am Wochenende. Heute war Montag und die Diskussionen, ebenso wie die Nachspülungen, hatten ihre Spuren hinterlassen. Besonders im Kopf. Und der tat weh.

„Sei ein bisschen leise heute, Armin. Es tut mir alles weh, als hätt ich einen Kopf voller Nadeln. Nein, mehr, als wäre da ein Hammer, der alle kleinen Nadeln irgendwo einschlagen will. Nimm ein bisserl Rücksicht."

„Ja, Herr Kommissar, die Diskussionen bringen doch sowieso nichts, machen nur einen schlechten Kopf. Sehen Sie ja. Lassen Sie doch die Großköpfe ihre Sachen machen, wie sie's wollen."

„Großkopferte heißt das, Armin, Großkopferte."

Damit war Stille. Jeder gab sich seiner Arbeit hin und versuchte, möglichst kein Geräusch zu machen. Außer die Tauben, die sich nicht davon abbringen ließen, ständig auf dem Fenstersims herumzulaufen. Einem Fenstersims aus Blech. Rostfrei. Auch nicht, wenn der Kommissar böse Blicke in Richtung Fenster warf.

Kapitel 3

Es war kalt, nass und regnerisch. Den ganzen Tag schon sah es aus, als würden die tief hängenden, schwarzgrauen Wolken irgendwann einmal auf den Boden fallen und alles was dort war erschlagen. Aber trotz des Wetters musste man alles aufbauen. Am Mittwoch war die erste Vorstellung. Zwei Tage Zeit, alles herzurichten.

Karl Lautermann der Dritte, wie er sich nannte, war dabei, seinen Leuten Anweisungen zu geben, wie man das Zelt errichten musste. Er hatte sich extra noch Personal von der Arbeitsvermittlung geholt, was er immer tat, wenn mehr Leute gebraucht wurden, als er hatte. Man brauchte diese zusätzlichen Arbeiter nur für den Tag, an dem das Zelt zu errichten war. Und dann wieder, wenn man es abbauen musste. Dazwischen war keiner zusätzlich nötig, den man nicht ohnehin schon hatte.

„Ja, stellt's euch doch nicht so blöd an, ihr besoffenen Idioten! Wofür zahl ich euch eigentlich, wenn keiner weiß, was man hier machen soll? Und macht's mir nichts kaputt, ihr Halbaffen! Da kann ich ja meine Tiere besser trainieren, wie euch."

„Ja, dann nimm doch deine blöden Viecher, wenn's die besser können!", kam es aus der Menge zurück.

„Halt's Maul und schaff. Ich zahl euch nicht zum Reden, nur zum Arbeiten."

„Sklaventreiber, elendiger", kam es wieder zurück.

Die dicken, schweren Stämme, die das Rückgrat des Zeltes ausmachten, waren schon errichtet. Sie waren vom Regen nass und glitschig, aber man hatte es geschafft, sie aufzurichten. Wenn auch mit viel Fluchen und heimlichen Gebeten. Die Planen kamen als Nächstes. Sie waren schwer, sehr schwer, und mussten mit Flaschenzügen auf den Masten hochgezogen werden. Endlich oben angekommen, musste einer der Arbeiter hinaufklettern und sie am Mastende erst mit dem dafür vorgesehenem Loch an den Pfosten einfädeln und danach mit dicken Seilen befestigen. Dann wurden die einzelnen Bahnen mit Schnüren zusammengebunden und die Seile am unteren Ende mit langen Heringen im Boden verankert. Es dauerte den ganzen Tag, das Hauptzelt aufzurichten. Da nach Stunden bezahlt wurde, gab es keine Pause. Zeit war Geld. Gegessen wurde, wenn man einmal für ein paar Minuten nichts zu tun hatte. Den Gang zur Toilette musste man sich verbeißen, solange, bis jemand die Stelle für einen ausfüllen konnte. Und dann gab es wieder die Kommentare von Herrn Lautermann dem Dritten, dass man sehr wohl ohne diese Halbdeppen auskommen könne, die nur immer einen Grund suchten, nichts zu tun. Nur wenn *er* eine Pause machte, war das in Ordnung.

„Ich bin hier der Boss, falls ihr nichtsnutzigen Faulpelze das noch nicht bemerkt haben solltet. Wenn nicht, kann ich euch auch einen Tritt geben, dass ihr von hier bis an die Bavaria fliegt, dann wisst ihr's."

Die Bavaria ist die weibliche Symbolgestalt und Patronin von Bayern, die Mitte des 19. Jahrhunderts vor der Ruhmeshalle errichtet wurde. Dort thront sie nun, mit dem bayerischen Löwen an ihrer Seite, über München, Bayern und der Theresienwiese.

Es wurde bereits dunkel, als Karl Lautermann der Dritte endlich den lange ersehnten Befehl gab, aufzuhören. Die Hauptarbeit war getan. Das Dach war oben, die Seitenwände waren provisorisch befestigt und mussten nur noch endgültig verzurrt werden. Den Rest konnten seine Leute selbst erledigen. Er schickte alle, die er zusätzlich angeheuert hatte, mit einem kleinen Umschlag nach Hause. Kein Danke, keine Erwähnung von Zufriedenheit, kein Wort in dieser Hinsicht. Er war nicht der Mensch, den man um Rat fragte oder Verständnis bat, wenn man etwas auf dem Herzen hatte. Er war ein Mensch, den man besser vergaß, wenn man nicht um ihn herum war. Oder mit ihm zu tun haben musste.

Kapitel 4

Karl Lautermann der Dritte war der Besitzer des Zirkus Tropkow. Er hatte die Tochter des letzten Tropkow, Elfriede Tropkow, geheiratet. Er war der Conférencier, als der alte Vladimir Tropkow noch der Chef war. Sie, die Elfriede Tropkow, war Seiltanzakrobatin. Das war lange her, und heute, nach vielen Jahren, hatte sie sich auf Hunde verlegt. Sie trainierte Hunde, durch Reifen zu springen, auf den Vorderfüßen zu laufen, aufeinander gestützt aufrecht auf zwei Beinen hintereinander her zu laufen. Sie schoben kleine Kinderwagen oder sprangen einfach herum, um dann mit Marschmusik die Manege entlangzulaufen. Nicht der Zirkusakt, der sie berühmt gemacht hätte, der sie aber dennoch im Zirkus bleiben ließ. Und das musste sie. Sie brauchte den Zirkus zum Leben. Wie Atmen oder Essen. Ohne Zirkus konnte sie nicht existieren.

Die Ehe war über die Jahre eher zu einer Zweckverbindung geworden. Karl Lautermann war zwar immer noch der Conférencier, auch wenn er mittlerweile viel von seiner schlanken, rassigen Figur eingebüßt hatte. Das war es, was Elfriede an ihm vor der Ehe immer so fasziniert hatte. Heute war er schwergewichtig, mit einer roten, dicken Nase und nur noch wenigen, schwarzen Haaren, die er von hinten nach vorne kämmte und die unverrückbar auf seinem Kopf klebten. Es wuchsen ihm Haare wild aus den Ohren und der Nase, die er sich weigerte abzuschneiden. Es störe ihn nicht. Und es tat seiner Erscheinung keinen Abbruch, meinte er. Nur Elfriede sah das anders, aber das war ihm egal. Im Ring, wenn er seine Ansagen machte, sah man es nicht. Er hatte dann immer seinen roten Mantel, ein weißes Hemd, die goldfarbene Weste und eine schwarze Hose an. Die Hose war mit einem schwarzen, breiten Band am Bund gehalten. Das hatte den Vorteil, dass man, je nach Größe des Bauchumfanges, die Hose nicht immer ändern musste. Inzwischen war ein Spalt von mindestens 10 Zentimetern zwischen Knopf und Knopfloch. Das Band hielt die Hose dennoch oben.

Aber auch Elfriede war nicht im jungen Alter verharrt geblieben. Sie hatte sogar noch mehr an die Zeit verloren als nur ihr jugendliches Aussehen. Sie hatte ihren Stolz verloren. Wie schön war es immer gewesen, wenn sie sich nach ihrem Auftritt mühelos vom Seil schwang und leichtfüßig wie eine Feder auf dem Boden zu stehen kam. Dann applaudierten die Menschen, hatten sie in ihr Herz geschlossen, und sie das Publikum in das ihre. Lächelnd und voller Stolz ob ihrer Kunst verbeugte sie sich mehrmals und verschwand, leicht tänzelnd, hinter dem Vorhang.

Karl konnte das nicht verstehen. Er hatte keine Auftritte mehr. Er war der Ansager, der die Attraktionen verkündete. Er selbst war nie eine richtige Attraktion. So konnte er nicht verstehen, was es bedeutete, Applaus zu bekommen, so viel, dass man davon leben konnte. Sie brauchte nichts zu essen, nichts zu trinken. Sie war berauscht und unendlich glücklich in diesen Momenten. Es hatte lange gedauert, darüber hinwegzukommen und es nicht mehr zu brauchen, diese Droge.

Und dann war es auf einmal zu Ende. Sie konnte das Gleichgewicht nicht mehr halten. Es kostete sie unheimlich Energie und machte ihr Angst, dort oben auf einem 5 Zentimeter dicken Draht zu laufen. 'Wenn man Angst hat', hatte ihr Vater immer gesagt, 'muss man aufhören. Die Angst ginge nicht mehr weg, würde nur größer. Angst ist der Feind der Freiheit, das zu tun, was man machen möchte.'

Karl Lautermann der Dritte hatte kein Verständnis für ihre Lage und war damit auch keine Hilfe, als sie diese Hilfe am Nötigsten brauchte. Nächtelang hatte sie schlaflos im Bett gelegen, neben ihr der Mann, der alles was er hatte, nur hatte, weil er sie geheiratet hatte, und der nicht auch nur das geringste Verständnis für ihre Situation aufzubringen in der Lage war. Das einzige, was sie immer wieder von ihm hörte, war, sich nicht so anzustellen. Sich nicht anstellen.

Nun hatte sie ihre Hunde, die ihr ganzes Leben waren und wahrscheinlich bis zu ihrem Ende sein würden. Es waren Straßenköter, wie man sagte, aber dennoch schlau und gefügig genug, einige einfache Kunststücke zu lernen. Mit diesen kleinen Wunderhunden trat sie jeden Abend auf, wenn Vorstellung war, und begeisterte damit hauptsächlich die Kinder, die sich vor Lachen nicht halten konnten. Es gab auch Applaus, aber der galt mehr den Hunden als ihr. Und das war ihr wohl bewusst, wenn sie auch ein Lächeln hervorbrachte, bevor sie den Ring verließ.

Elfriede war im Wohnwagen und bereitete das Essen vor. Sie wusste, dass die Arbeit draußen zu Ende war. Es war Stille eingekehrt, dort auf dem Platz, auf dem man das Zelt aufbaute. Den ganzen Tag hatte sie Karl brüllen hören, Anweisungen geben, fluchen, schimpfen und drohen. Er würde jeden Moment hereinkommen und seine Unzufriedenheit wieder an ihr auslassen. Sie war es gewohnt. Nahm es hin.

Als er die Tür öffnete, schmiss er nur seinen schmutzigen Mantel auf das Bett. Seine verschlammten Schuhe zog er nicht aus. Zuviel Mühe. Er war hungrig. Ihm war kalt. Sie stellte ihm das Essen auf den Tisch und meinte, sie müsse noch nach ihren Hunden sehen. Damit begab sie sich auf den Weg zum Hundewagen, setzte sich auf einen Ballen Stroh, rauchte eine Zigarette und spielte mit ihrer Schar Hunde. Sie gaben ihr die Ruhe, die sie brauchte.

Kapitel 5

Der Dienstagmorgen fing an, wie der Montag aufgehört hatte: Es war nass und kalt. Ungemütlich hingen die Wolken über der Theresienwiese und wollten einfach nicht gehen. Es war, als hätten sie sich für immer dort oben eingenistet und sich gesagt, jetzt machen wir mal ernst mit dem schlechten Wetter. Lass uns den Münchenern mal zeigen, was wir können.

Im Wohnwagen der Familie Lautermann war kein Licht. Alles schien noch zu schlafen, der ganze Zirkus hatte scheinbar noch keine Lust aufzustehen. Das war nichts Ungewöhnliches, da die Vorstellungen meist bis spät in die Nacht gingen und man danach noch auf eine Flasche Bier zusammen saß. Aber es waren noch keine Vorstellungen. Man baute auf, und das musste man von Sonnenaufgang bis es dunkel wurde.

Es klopfte heftig an der dünnen Tür. Es hätte nicht viel Kraft gebraucht, sie gewaltsam aufzustoßen. Elfriede zog sich, so schnell sie konnte, ihren Morgenmantel an und öffnete. Antonio Cabrera, der Trapezkünstler und Fangmann der drei Cabreras, war an der Tür. Sie standen sich gegenüber, sahen sich an. Elfriede wusste sofort, dass etwas Schreckliches passiert sein musste. So hatte sie Antonio noch nie gesehen. Er war weiß im Gesicht, seine Haare waren total durcheinander, sein Mantel war nur notdürftig in Ordnung gebracht und er brachte keinen Ton heraus.

„Was ist los, Antonio?"

„Kommen Sie mit, Chefin. Muss ich Ihnen zeigen. Kann ich nicht sagen."

Antonio ging voraus. In schnellen Schritten ging er voraus in Richtung Zelt, machte den Eingang auf, indem er eine Plane zur Seite schob, und zeigte auf die Mitte des Ringes, der schon teilweise eingebaut war. Elfriede war ihm nachgeeilt und ging durch die aufgehaltene Plane auf die Stelle zu, die ihr Antonio zeigte. Dort lag, seitlich, mit dem Gesicht nach oben, Karl Lautermann der Dritte auf dem nassen Rasen, den man noch nicht mit Spreu und Holzmehl zugeschüttet hatte. Elfriede schlug sich die Hand vor den Mund, um nicht zu schreien anzufangen. Sie wollte nicht schreien, sie wollte gefasst sein, der Situation ruhig gegenüber stehen. Warum wusste sie nicht. Vielleicht hätte Schreien ihre Angst genommen, die Angst, die einen befällt, wenn man etwas erfahren muss, was man zwar ahnt, aber noch nicht bestimmt weiß. Sie ging ganz langsam in Richtung ihres Mannes, kniete sich neben ihn und fasste ihn an, nur um ihre Hand blitzschnell wieder zurückzuziehen. Er war schon kalt. Tote sind kalt, haben kein Leben mehr, das ihnen die Wärme gibt. 'Es ist wirklich nicht angenehm, einen Toten anzufassen', dachte sie sich. Und schon gar nicht, wenn es der eigene Mann ist. Sie sah hinüber zu Antonio, der immer noch am Rand der Manege stand und darauf wartete, was als Nächstes passieren würde. Sie stand langsam auf, ging in Richtung Ausgang, ohne noch einmal nach ihrem Mann zu sehen und sagte leise, aber gefasst, im Vorübergehen: „Wir müssen die Polizei anrufen, Antonio. Stell bitte sicher, dass hier niemand hereinkommt, bevor die Polizei da ist." Damit verließ sie das Zelt, ging zum Wohnwagen und wählte auf ihrem Handy 110.

Kapitel 6

Kommissar Wengler war gerade auf dem Weg ins Büro. Zusammengeduckt, den viel zu kleinen Schirm über seinem Kopf balancierend, versuchte er, den kürzesten Weg zum Eingang ins Präsidium zu finden. Da alle dies versuchten, die dort hin wollten oder mussten, gab es ein Gerangel und Gedränge wie beim Winterschlussverkauf. Jeder, dem er den Weg abschnitt, um einen Schritt vor ihm zu sein, fluchte und schimpfte, was ihm jedoch nichts ausmachte. 'Ich bin es gewohnt, nicht geliebt zu werden', dachte er sich. Außerdem war ihm kalt und das rechtfertigte jedes Mittel. Auch wenn man ihn darauf in der Kantine wieder ansprechen würde. Dann würde er wieder die Schultern zucken und auf unverstanden plädieren.

Armin Staller kam aus dem Gebäude und bedeutete dem Kommissar, dass er mitkommen solle. Armin hatte im Eingang auf seinen Chef gewartet, da es anfing richtig kalt zu werden und der Regen als nahezu gefrorenes Wasser in Strömen aus dem Münchener Himmel lief.

„Wir gehen in den Zirkus, Herr Kommissar", war sein Kommentar, als Kommissar Wengler ihn erstaunt ansah.

„Was wollen wir denn im Zirkus?"

„Herr Kommissar, was werden wir da schon wollen? Wir schauen uns die Akrobaten an, den Clown, die Löwen und eben alles, was man so im Zirkus macht."

„Was ich jetzt auf keinen Fall will, ist in den Zirkus gehen!"

„Und wir haben einen Toten, der nicht unter normalen Umständen das Zeitliche gesegnet zu haben scheint."

„Aha. Und was wissen wir über die nicht normalen Umstände?"

„Bis jetzt?"

„Ja, bis jetzt."

„Nicht sehr viel. Es handelt sich um den Besitzer des Zirkus. Seine Frau hat uns angerufen und gesagt, dass der Trapezakrobat ihn gefunden hat. Sie hat auch gesagt – ich meine, die Frau von dem Toten – dass sie ihn schon gesehen hat. Ihren toten Mann, meine ich. Und dass man auf uns wartet."

„Armin, was ist heute los mit dir? Du sprichst, als hättest du dein Deutsch vergessen."

„Hab ich nicht, es ging nur alles so schnell. Am Besten fahren wir hin und schauen uns das an. Die Spurensicherung ist schon dort."

„Und dann sehen wir wieder nicht, wie es passiert ist."

„Falsch, Herr Kommissar. Ich habe denen gesagt, dass wir zwei kommen, und dann hat der Brunner gesagt, 'Ja, weiß schon: den Toten liegen lassen, bis ihn der Chef gesehen hat. Ja nichts bewegen.' Sie haben schon Ihren Ruf, Herr Kommissar, auch bei den Jungen."

Der Kommissar hielt sich mit seinem Kommentar zurück, dachte sich nur seinen Teil. Die Jungen, ja, die werden es einmal übernehmen hier das Ganze. Wie er es übernommen hatte, damals, vor so vielen Jahren, als er der 'Junge' war. Hans Georg Scheitenhofer hatte er geheißen, sein Vorgänger. Er war einer aus der alten Schule gewesen, wie man so sagte. Was er während des 1000 jährigen Reichs gemacht hat, war nicht ganz klar. Darüber wurde nie geredet. Aber er war seit seinen zwanziger Jahren bei der Polizei in München. Und er war ein guter Polizist. Sowohl vor und während dem Reich als auch danach.

Kleinwüchsig, mit einem viel zu großen, weißen Schnurrbart, weißen, vollen Haaren und seiner bunten, gestickten Weste, war er ein Unikum im Präsidium. Seine grünen Lodenhosen wechselte er nur zweimal im Jahr, einmal im Frühjahr und einmal im Herbst. Eine für die kalte und eine für die warme Jahreszeit. Im Sommer hatte er immer ein weißes Hemd an, dessen Ärmel bis zu seinen Schultern aufgekrempelt waren. Im Winter trug er immer eine wollene, graue Jacke. Kalt war ihm nie. Sogar bei größter Kälte war immer das Fenster im Büro offen. Kommissar Wengler führte seine eigene Abneigung gegen die Kälte auf diese Zeit zurück. Hans Georg Scheitenhofer hatte einen Bauchumfang, der fast größer war als seine Höhe, was ihm das Aussehen einer überdimensionalen Birne gab. Das half sicher, sich warm zu halten. Das gemütlich dreinblickende Gesicht konnte täuschen. Besonders wenn er jemanden im Visier hatte und derjenige dachte, er könne ihm nun etwas vormachen, schlug seine Gutmütigkeit um. Dann konnte er gnadenlos werden.

„Du wirst des hier alles a'mal übernehmen, Herbert, pass also gut auf", sprach Kommissar Wengler auf einmal laut aus. Armin sah ihn erstaunt an und wusste nicht, wovon er redete.

„Das war sein Standardsatz, Armin. 'Pass gut auf', hat er immer g'sagt, mein damaliger Chef, der Hans Georg Scheitenhofer, von dem ich alles gelernt hab. Auf was ich aufpassen soll, hat er nicht g'sagt. Nur, 'Pass gut auf'. Und dann, an einem Dienstag – weiß ich wie heute – haben wir jemanden festnehmen müssen. So einen kleinen Kriminellen, nichts Großes. Schröder, glaub ich, hat er g'heißen. Ist schon so lange her. Er hat ihm die Handschellen anlegen wollen, da hat der Depp ihm die Pistole rausgezogen und einfach abgedrückt. Einmal hat gereicht. Ein Schuss. Ging in den Bauch. Ist innerlich verblutet. Bis ich bei ihm war, war schon alles vorbei. 'Pass gut auf', hat er immer g'sagt. Nur einmal hat er selbst nicht gut aufgepasst, der Schorsch, wie sie ihn nannten. Das ganze Präsidium war bei seiner Beerdigung, sogar der Polizeipräsident ist gekommen. Und die 'Creme de la Creme' der Unterwelt. Waren alle da g'standen und haben ihre Hüte in der Hand g'halten."

„Tut mir leid, Herr Kommissar."

„Nein, Armin, ist schon zu lange her. Hab nur dran denken müssen, wie du über die Jungen geredet hast, die das jetzt alles übernehmen. Damals war ich der Junge."

„Ich hab Ihnen auch ein Ringbuch mitgebracht. Ich dachte mir, jetzt, wo wir einen neuen Fall haben, wär das nützlich."

„Armin, so langsam werden wir ein Paar."

Armin lächelte ein wenig und übergab dem Kommissar sein kleines, weißes Notizbuch, in dem er immer alles notierte, was wichtig war oder vielleicht einmal wichtig werden könnte. 'Computer sind für Leute, die kein Hirn haben', meinte Wengler immer. 'Das Denken kann ich noch selbst erledigen, da brauch ich keine Maschine dazu, noch dazu eine, die nie das macht, was man ihr sagt!'

Es würde wieder voll werden, sein Büchlein, auch wenn das in diesem Moment noch niemand wusste.

Kapitel 7

Das Zelt war offen, überall um den Tatort herum waren Scheinwerfer installiert. Der Tatbereich selbst war mit einem gelben Band abgesperrt, auf dem in schwarzer, großer Schrift nichts als immer nur 'Polizei' stand. Die großen Strahler hatten das Zelt in eine Dampfküche verwandelt. Die feuchte Luft, der begrenzte Raum. Das nasse Gras, die feuchte Erde, alles fing an zu dampfen und gab dem Schauspiel etwas von Irrealität, fast etwas Surrealistisches. Personen in weißen Overalls liefen herum, Computer waren auf Klapptischen aufgebaut, Kameras blitzten unablässig und die halbe Mannschaft war damit beschäftigt, Spuren zu sammeln. Dinge, die man gefunden hatte, wurden in kleine Tüten verpackt, auf die man etwas schrieb, damit man auch später noch wusste, was es war und wo man es gefunden hatte.

„Guten Morgen, Dr. Brunner! Was wissen wir?", fragte der Kommissar, als sie den Tatort erreicht hatten.

Dr. Brunner stand an einem der Tische und sortierte irgendwelche Papiere. Er drehte sich nicht um, sondern fing an zu sprechen, ohne den Kommissar anzusehen.

„Noch nicht viel. Er dürfte so zwischen zehn und elf Uhr gestern Nacht gestorben sein. Ein Schuss ins Herz, so genau, man könnte denken, das war ein Zirkusakt."

Nun ließ er ab von seinen Papieren und wandte sich dem Kommissar zu, der direkt hinter ihm stand.

„Davor zwei Schüsse neben das Herz, als hätte jemand nicht gewusst, wo er hin schießen soll. Nur die Kugel ins Herz war tödlich. Vielleicht hat der extra daneben geschossen, weil man doch da immer absichtlich daneben schießt."

„Dr. Brunner, was war das denn für ein Kommentar?"

„Na ja, Herr Kommissar, wir sind doch hier im Zirkus, warum nicht?"

„Noch was?"

„Kann ich…"

„… erst nach der Obduktion sagen, ich weiß. Wann?"

„Da Sie es sind, Herr Kommissar, vielleicht morgen Früh."

„Vielleicht morgen Früh… Geht es genauer?"

„Nein. Und jetzt würde ich gerne die Leiche abtransportieren lassen."

„Lag der Tote so, wie er jetzt liegt, ich meine, mit dem Oberkörper auf der Seite?"

„Ja, wir haben nichts angefasst."

Der Kommissar sah sich den Toten an, ging um ihn herum, ging in die Knie und betrachtete ihn von allen Seiten.

„Wie ich das sehe, ist er von vorne erschossen worden und hat sich dann umgedreht, bevor er umgefallen ist."

„Kann sein", meinte Dr. Brunner.

„Kann nicht sein, Dr. Brunner", meinte der Kommissar. „Jemand, der erschossen wird, besonders wenn die Kugel ins Herz geht, dreht sich nicht um. Er fällt wie ein nasser Sack zu Boden."

„Da haben Sie wohl recht, Herr Kommissar. Ist nicht einfach, sich umzudrehen, wenn man eine Kugel ins Herz geschossen bekommt."

Nachdenklich stand der Kommissar neben dem Opfer, sah Dr. Brunner erstaunt an und konnte sich keinen Reim darauf machen.

„Jemand muss ihn umgedreht haben", meinte Dr. Brunner. „Vielleicht, um zu sehen, ob er tot ist", meinte der Kommissar.

„Und dieser jemand, mein lieber Brunner, muss ziemlich viel Kraft gehabt haben, da unser Herr Zirkusdirektor nicht von der leichten Sorte war."

Dr. Brunner und der Kommissar sahen sich nur an und nickten einstimmig. Was immer der Kommissar dachte, war seine Sache. Er war für die Todesursache zuständig. Das Wie war das Problem des Kommissars.

„Kann ich den jetzt abtransportieren lassen?"

„Armin, haben wir Bilder vom Tatort?", rief Kommissar Wengler über den Ring. Armin Staller hatte sich mit ein paar Leuten von der Spurensicherung unterhalten und kam so schnell es ging durch die Manege zum Kommissar.

„Ja, Herr Kommissar. Haben alles, was wir brauchen. Ich hab es gerade selbst kontrolliert, dort mit denen da drüben."

„Gut, Dr. Brunner, er ist Ihrer."

Immer noch dachte der Kommissar nach, was jemanden dazu veranlasst haben könnte, den Toten zu drehen.

„Und wir gehen zur Ehefrau, Armin. Mal sehen, was sie uns zu sagen hat."

Kapitel 8

Frau Elfriede Lautermann saß in ihrem Wohnwagen, auf der einzigen Bank, die es dort gab, und starrte auf den Boden. Nachdem Antonio ihr vor ein paar Stunden ihren toten Ehemann gezeigt hatte, war sie in ihren Wohnwagen zurückgekehrt, hatte sich auf die gepolsterte Bank gesetzt und auf den Boden gestarrt. Sie konnte es nicht fassen. Es sah so aus, als konnte sich nicht mit der Tatsache abfinden, dass der einzige Mann, den sie jemals liebte, der ihr Ein und Alles war, der ihr Leben bedeutete, so einfach von ihr gegangen war. So ganz plötzlich. Einfach so. Aus dem Leben gerissen.

Ja, es hatte eine Zeit gegeben, da hatten sie sich geliebt. Es war schon eine Weile her, aber geliebt hatten sie sich. Die Jahre hatten ihnen nicht gut getan. Elfriede war eine Frau, die ihren Träumen nachhing. Und die nicht daran dachte, aufzugeben. Sie konnte nicht verstehen, dass zwei Menschen, die sich so nahe gewesen waren, sich über die Zeit verlieren konnten. Es musste ein Zurück geben, dachte sie sich immer, wenn auch die Möglichkeit dazu sich immer mehr verdünnte. Sie wusste das. Hat es jeden Tag gespürt, diese Abwehr, dieses Voneinandergehen, dieses Sichtrennen und Auseinanderleben. Und doch hatte sie ihn geliebt. 'Wenn man jemanden einmal geliebt hat', sagte sie immer, 'kann man das nicht einfach beenden, wie einen Film.'

Sie dachte daran, dass es weitergehen musste. Nur wie, das wusste sie nicht. 'Es wird sich finden', dachte sie, obwohl sie im Innersten wusste, dass sich nichts finden würde. 'Aber eine Liebe endet nicht', sagte sie sich immer wieder, 'sie kann sich ändern, aber ist nie zu Ende.'

Elfriede Lautermann, geborene Tropkow, kam aus einer alten, polnischen Artistenfamilie, die schon im neunzehnten Jahrhundert über die Dörfer gefahren war, um den Menschen Abwechslung zu bieten. Menschen, denen das Leben nicht viele Freude und Abwechslung geboten hat. Wenigstens der Zirkus, der einmal im Jahr kam, bot ein wenig Unterbrechung vom alltäglichen Einerlei.

Es waren immer schwere Zeiten für den Zirkus. Schon seit es ihn gab. Man traute den Menschen nicht, die dort auftraten. Und es war manchmal auch etwas sehr Exotisches, was als Attraktion geboten wurde. Alles Neue und Ungewöhnliche hatte im Zirkus Platz. Feuerschlucker, Zauberer, siamesische Zwillinge, Akrobaten, die Frau ohne Unterleib, Clowns. Menschen und Darbietungen, von denen man zwar gelesen, sie aber nie zu Gesicht bekommen hatte. Außer, der Zirkus war in der Stadt.

'Macht die Fenster und Türen zu', hieß es, 'die Komödianten und Akrobaten kommen.' Vielleicht lag es daran, dass man nicht wusste, woher sie kamen und wohin sie gingen. Sie waren immer nur da für ein paar Wochen, diese geheimnisvoll fremd aussehenden Leute, mit dunkler Haut und schwarzen Haaren. Mit ihren Tieren und Kunststücken. Den bunten Wohnwagen, mit dem kleinen Kamin am Dach und den rosa Vorhängen an den kleinen Fenstern. Manche wollten sogar mit. Die große Freiheit erleben, die dem reisenden Volk nachgesagt wird. Einfach aussteigen aus dem Trott der Tage und frei wie ein Vogel durch die Lande ziehen. Besonders die Kinder liebten das. Träumten von der romantischen Vorstellung, wie ein schwereloser Körper durch die Manege zu fliegen, aufgefangen von kräftigen Armen. Danach Applaus. Und noch mehr Freiheit, noch mehr Ungebundenheit. Da war der Geruch nach Sägemehl, den Ausdünstungen der Tiere und Menschen. Der Staub, der sich in der Nase und den Augen festsetzte, wenn man im Zelt auf diesen unbequemen Bänken saß und gespannt darauf wartete, wie es weiterging.

Es ist eine besondere Atmosphäre, etwas, was man nicht nachstellen kann. Man muss es als Original erleben. Auch der beste Film kann diese Atmosphäre nicht annähernd beschreiben oder fühlbar machen. Es gibt keinen künstlichen Zirkus, es gibt nur die Realität. Und vielleicht ist es das, was ihn so einzigartig macht, dass er sogar in unserer Zeit noch seinen Platz hat.

Es klopfte an der Tür. Frau Lautermann überhörte es. Mit jemanden reden, war das Letzte, was sie jetzt wollte.

„Frau Lautermann? Kommissar Wengler. Können wir hereinkommen?"

„Nein, Sie können nicht hereinkommen. Ich will meine Ruhe haben."

„Wir verstehen das, Frau Lautermann, aber leider haben wir hier zu arbeiten und ich denke, es liegt auch in Ihrem Interesse, dass wir die Person finden, die Ihrem Mann, und damit auch Ihnen, das angetan hat."

„Es ändert sich dadurch nichts, Herr Kommissar. Damit wird mein Mann auch nicht wieder lebendig. Und ich will keine Rache. Ich will auch keine Hexenjagd nach dem Täter, ich will es abschließen und meine Ruhe haben."

Kommissar Wengler und Armin Stadler sahen sich gegenseitig an. Es gab nicht viele Familienangehörige, die im Fall eines gewaltsamen Todes eines geliebten Menschen nicht wissen wollten, wer es getan hat. Aus welchem Grund auch immer, alle wollten es wissen, und sei es nur, um der Welt zu beweisen, dass man es nicht selbst gewesen war. Frau Lautermann war da sicher die Ausnahme.

„So leid es mir tut, Frau Lautermann, das geht leider nicht. Der Staat hat sehr wohl ein Interesse daran, dass diese Geschichte aufgeklärt wird. Nicht nur das, aber es fängt wieder an zu regnen und wir stehen hier draußen und werden nass. Wir können auch die Tür ein…"

Es drehte sich ein Schlüssel im Schloss und die Tür öffnete sich einen Spalt. Der Kommissar übernahm das Weitere, öffnete die Tür und schritt voran in den Wohnwagen. Er war rot eingerichtet. Eine rote Bank an der langen Seite, ein rotes Bett am Ende, das die gesamte Breite des Wohnwagens einnahm. Sogar der Teppich war rot. Nur die wenigen Schränke, die an den Wänden hingen, waren aus dunklem Holz. Es war sehr gemütlich, wenn auch sehr klein und eng. Der Kommissar wunderte sich ein wenig, dass man auf so kleinem Raum leben konnte. Er hatte bei Gott keine große Wohnung, aber das Zeug, das sich über die Jahre angesammelt hatte, würde nicht einmal in diesen Wagen passen, wenn er alle Möbel herausnehmen würde. 'Es ist doch erstaunlich, wie wenig man braucht, um glücklich zu sein', dachte er sich. Armin stand immer noch hinter dem Kommissar und wartete, was passieren würde.

„Setzen Sie sich doch bitte, meine Herren. Suchen Sie sich einen Platz, irgendwo. Sie wollten mit mir sprechen, also tun Sie das."

Frau Lautermann war etwa Mitte fünfzig, hatte schwarzes, langes Haar, große, dunkle Augen und eine weiße, zarte Haut. Sollte sie Falten im Gesicht haben, sah man sie nicht. Sie war eine stattliche, sehr auffällige, schöne Erscheinung. Trotz ihres Alters hatte sie noch immer eine sehr gute Figur, was dem Kommissar sofort auffiel, wenn er auch nicht unbedingt daran interessiert war. Sicher sah er immer wieder einmal gerne eine schöne Frau, aber da er wusste, in welcher Liga er spielte, war es mehr etwas für den Augenblick und für die Augen als für sein Gefühl.

Frau Lautermann hatte einen roten Morgenmantel an, kleine, rote Pantoffeln mit einem weißen Bommel darauf und saß mit verschränkten Beinen auf der Bank, die um den einzigen Tisch herum gebaut war, den es in diesem Wagen gab.

„Wie ich schon sagte, Frau Lautermann", fing der Kommissar an, nachdem man sich endlich gesetzt hatte, „sind wir verpflichtet, einem Gewaltverbrechen nachzugehen und wenn möglich den Täter zu finden. Der Staat hat sich das zur Aufgabe gemacht, dafür gibt es Gesetze und die müssen eingehalten werden.

Wenn wir dann den Fall aufgeklärt haben, entscheidet der Staatsanwalt, ob Anklage erhoben wird. Sie können nicht entscheiden, ob wir diesen Fall nun bearbeiten oder nicht, Frau Lautermann. Zudem haben wir Mittel und Wege, bei unseren Ermittlungen Auskünfte einzuholen, ob es den Betroffenen nun gefällt oder nicht. Ich weiß, dass Sie unter Schock stehen, und ich nehme so gut es geht darauf Rücksicht, aber Sie dürfen meine Ermittlungen auch nicht behindern."

Frau Lautermann sah den Kommissar erstaunt an, nahm sich eine Zigarette aus der Schachtel, die auf dem Tisch lag, und zündete sich eine an. Genüsslich zog sie den Rauch in ihre Lunge und blies ihn ganz langsam aus ihrer Nase wieder heraus.

„Ich weiß das alles, Herr Kommissar. Ich wollte nur ganz einfach meine Ruhe haben. Vielleicht verstehen Sie, dass ich erst noch verarbeiten muss, dass mein Mann vor ein paar Stunden erschossen wurde. Ich habe ihn geliebt, wir waren ein Paar, wir waren uns alles, was zwei Menschen sich sein können: Freunde, Geliebte, Eheleute, Partner, einfach alles. Wir beide waren alles, was Sie hier sehen. Der Zirkus Tropkow."

Es dauerte eine kurze Weile, bis sie fortfuhr.

„Ich brauchte nichts anderes auf dieser Welt als nur eben diesen Mann. Auch wenn andere Ihnen anderes erzählen werden. Wir waren glücklich, auf unsere Art. Und nun hat man ihn mir weggenommen und Sie kommen daher und stellen mir irgendwelche Fragen, die ich nicht einmal in meinen Kopf hineinbekomme, da ich nichts mehr in diesem Hirn", wobei sie heftig mit der Hand auf ihre Stirn schlug und lauter wurde, „habe, mit dem man denken könnte. Nichts habe ich mehr, alles ist weg. Mein Leben ist weg, meine Liebe, mein Mann, mein Zirkus, alles, was wir hatten, ist weg. Einfach von mir genommen, als wäre es ein Stück Dreck, das man in den Abfall schmeißt. Aber mein Leben ist nicht Abfall", nun hatte sie sich wirklich in Rage geredet, "Herr Kommissar! Und es ändert sich nichts, absolut nichts, auch wenn Sie diesen Mörder finden. Mein Mann wird dadurch nicht wieder lebendig. Mein Leben ist vorbei."

Es entstand eine kurze Pause. Der Kommissar wollte, dass sich Frau Lautermann etwas beruhigte, bevor er mit seinen Fragen anfing.

„Sie haben recht, Frau Lautermann", antwortete der Kommissar in ruhigem Ton, so gut es eben ging, „vielleicht haben Sie recht. Dennoch muss es geahndet werden. Das ist Grundlage unserer Gesellschaft. Deswegen gibt es Gesetze. Und wenn jemand diese Gesetze nicht einhält, muss es dafür Konsequenzen geben. So ist das schon seit dem Anfang der Welt."

„Gesetze, ha!, die gelten nur für die anderen, nicht für uns. Wir sind fahrendes Volk, Herr Kommissar, fahrendes Volk. Wir zeigen unsere Kunststücke, die Menschen freuen sich daran, klatschen, die Kinder lachen, und dann, wenn alles vorbei ist, gehen sie nach Hause und machen die Fenster und Türen dicht, damit die vom Zirkus nichts anstellen können."

„Für den Ruf, den die Zirkusleute haben, können wir nichts, Frau Lautermann. Wir können Ihnen nur versprechen, dass wir Sie genauso behandeln werden, wie jeden anderen Bürger dieses Landes."

Der Kommissar dachte, genug über dieses Thema gesprochen zu haben. Es war spät geworden, schon fast Mittag, und er hatte noch nichts gegessen. Es war ihm nicht gut den ganzen Vormittag, nachdem er am Abend zuvor mit seinen Freunden bis spät in die Nacht Schafkopf gespielt hatte. Der Egon von der Glockenbachstraße und der Schorsch aus Haidhausen hatten sich bei ihm zusammengefunden. Eigentlich sollte es nur eine kurze Runde sein, da jeder von ihnen am nächsten Morgen wieder in die Arbeit musste, aber wie es eben so war, es wurde länger. Der Kommissar hatte zu viel verloren und wollte es wieder zurückgewinnen – was ihm allerdings nicht gelang. Als dann das letzte Bier ausgetrunken war, schickte er seine Freunde nach Hause, legte sich ins Bett und konnte nicht schlafen. Es ärgerte ihn, dass der Schorsch ihm alles abgenommen hatte. Ganze 4 Euro hatte er gewonnen, der Schorsch. Alles von ihm. Ganze 4 Euro! 'Vielleicht haben die gemeinsame Sache gemacht?', dachte er sich. 'Ich werd' den Egon morgen fragen.' Das alles ging ihm durch den Kopf, die ganze Nacht. Deswegen brachte er die ganze Nacht kein Auge zu. Am Morgen dann war ihm schlecht. Von dem Bier wahrscheinlich, dachte er sich. Und wie immer nach so einer Nacht, nahm er sich vor, nie mehr wieder ein Bier auch nur anzusehen. Sobald der schlechte Magen dann wieder vorbei war, wurde das mit einer 'Halben', wie man in Bayern sagte, ausgiebig gefeiert.

Nun aber war er in diesem Wohnwagen und hatte eine renitente Frau vor sich, die scheinbar nicht verstehen wollte, dass er einfach nur seine Arbeit machen wollte.

„Kommen wir doch einmal auf die Zeit zurück, Frau Lautermann, bevor Sie Ihren Mann dort in der Manege gefunden haben."

„Ich habe ihn nicht gefunden, Herr Kommissar. Ich war im Bett und habe geschlafen. Antonio hat an die Tür gepoltert und gesagt, er müsse mir etwas zeigen."

„Wann war das, Frau Lautermann?"

„Weiß ich nicht, aber wir haben sofort die Polizei verständigt. Es war also vielleicht eine halbe Stunde, bevor Ihre Leute hier waren."

„Wann waren die alle hier, Armin?"

„So gegen 6 Uhr früh. Ich kann aber nachfragen, wenn Sie es genau wissen wollen."

Der Kommissar machte sich Notizen in seinem kleinen weißen Buch, das er mittlerweile aufgeschlagen hatte. Es würde wieder einen Fall geben und wie immer hoffte er, dass die Seiten in diesem Buch auch ausreichen würden, den Täter zu finden. Es gab nur wenige Bücher, die voll geschrieben waren, und keine Fälle, die einen zweiten Band gebraucht hatten. Bisher hatte immer ein Buch gereicht.

„Warum ist das denn so wichtig?"

„Wissen wir noch nicht, Frau Lautermann, aber in diesen Fällen kann alles wichtig sein, besonders die Zeitabfolge. Wenn wir Alibis überprüfen, ist die Zeit der wichtigste Aspekt. Wo und wann jeder wo gewesen ist, als es passierte."

Regen trommelte gegen das Blechdach. Jeder Tropfen war zu hören. Der Himmel hing schwer in den Seilen, die Wolken waren tief und bedrohlich. Das wenige Licht, das durch die kleinen Fenster in den Wohnwagen trat, wurde noch von den Vorhängen abgeblockt. 'Schon wieder dieser Regen', dachte sich der Kommissar. 'Bin ich froh, wenn es endlich Frühling wird.'

„Wir brauchen eine Liste der Leute, die gestern Abend hier auf dem Gelände waren. Ich nehme an, das waren nur die Leute vom Zirkus."

„Nein, Herr Kommissar, wir holen uns immer noch Aushilfen vom Arbeitsamt. Nur zum Aufbau. Da braucht man viele starke Hände. Die gehen dann alle wieder nach Hause, wenn das Zelt steht."

„Wann war das? Ich meine, wann sind die wieder nach Hause gegangen?"

„So gegen 6 Uhr abends, denke ich. Ich habe um 5 Uhr, wie jeden Tag, das Essen gemacht und bevor wir gegessen haben, hab ich noch die Gelder ausbezahlt. Die Leute bekommen alles in bar, die wollen keine Schecks oder so. Haben meistens nicht einmal ein Bankkonto."

„Und dann haben Sie gegessen?"

„Ja, dann haben wir zusammen gegessen. Eigentlich nicht ganz. Ich meine, er hat gegessen, ich hab noch nach meinen Hunden schauen müssen. Dann, wie ich zurückgekommen bin, war der Karl weg. Er ist noch mal raus, um nachzusehen, ob alles in Ordnung ist. Es sollte stark regnen in der Nacht, da wollte er sicherstellen, dass alles zu war. Außerdem machen unsere Leute dann noch alles fertig. Die Aushilfen stellen nur das Zelt auf. Den Ring, die Verkabelungen für das Licht und die Sitzbänke machen unsere Leute. Und die arbeiten meist bis spät in die Nacht, da morgen alles fertig sein muss. Ich bin dann irgendwann ins Bett gegangen. Wenn wir anreisen und das Zelt aufgebaut wird, ist Karl meist nicht vor Mitternacht im Wagen. Oft wird es sogar länger."

„Deswegen haben Sie sich auch keine Sorgen gemacht, als er nicht gekommen ist."

„Richtig, manchmal dauert es eben."

Sie zündete sich eine weitere Zigarette an, lehnte sich zurück und dachte scheinbar nach.

Sie muss einmal eine imposante Frau gewesen sein, dachte sich der Kommissar. Sie war immer noch eine Schönheit, wenn man ihr die Jahre auch schon ein wenig ansah, besonders in diesem Zwielicht, das sich im Wohnwagen breit gemacht hatte. Die Vorhänge waren geschlossen, die Wolken hingen schwer über der Theresienwiese und das wenige Licht, das die Sonne schaffte durch die grauen Schwaden zu bringen, reichte gerade einmal für das Draußen, sicher nicht auch noch für einen Wohnwagen.

Frau Lautermann beugte sich vor, um eine kleine Lampe auf dem Tisch anzumachen, die den Raum erhellen sollte. Sie schaffte es nicht, diese kleine Lampe. Sie konnte gerade einmal den Tisch erhellen.

Man sah Fotos an der Wand, auf dem Tisch, der Kommode und allen Stellen, die man dafür finden konnte. Auf den Bildern war nur sie zu sehen, mit anderen Artisten, die sicher etwas in ihrem Leben bedeutet haben. Sie selbst auf dem Hochseil, in Pose, nur für den Fotografen. Sie mit den Artisten. Sie mit den Hunden. Immer nur sie. Und sie sah sehr selbstbewusst, elegant und fröhlich darauf aus. Das Leben hatte es gut gemeint mit ihr, wollten die Bilder sagen. Jedenfalls zu dieser Zeit.

„Dann brauche ich also die Namen der Leute, die mit Ihnen hier arbeiten."

„Die Liste können Sie dann mir geben, Frau Lautermann", sagte Armin.

Sie sah ihn nur an und nickte leicht. Für sie war das Gespräch beendet, was für alle Beteiligten nicht zu übersehen war.

Kommissar Wengler stand auf, bedeutete Armin, dass man nun gehen solle, und ging zur Tür. Frau Lautermann zeigte keine Reaktion. Sie zog gedankenverloren an ihrer Zigarette und schaute an die Decke, ohne die beiden auch nur zu beachten. Dann nahm sie sich das ihr am nächsten stehende Bild und sah es lange an. Man sah, dass sie sich an den Tag erinnerte, an dem diese Aufnahme gemacht worden war. Ein kurzes Lächeln umspielte ihren Mund. Ganz kurz nur. Und hätte man nicht darauf geachtet, hätte man es fast nicht bemerkt. Draußen prasselte der Regen immer noch unablässig auf das Blechdach.

Kapitel 9

Antonio Cabrera saß in seinem Wohnwagen und beratschlagte mit dem Rest der Truppe, was nun passieren würde. Er war, aus welchem Grund auch immer, auf einmal der Ansprechpartner für alle geworden. In einer Gruppe wie dieser haben immer noch die Männer das Sagen, auch wenn es eine Frau gibt, die diese Gruppe eigentlich anführen sollte. Man akzeptierte einen Mann, nicht die Frau.

„Was machen wir jetzt?", fragte Robert Buchner, der Clown, der mit traurigem Gesicht auf einem der grauen Klappstühle aus Blech saß, die man von überall her hereingeholt hatte.

„Es wird alles so weitergehen wie bisher, Robert. Wir werden unsere Aufführung machen und du wirst die Menschen zum Lachen bringen."

„Er war nicht nur mein Chef, Antonio, er war auch mein Freund."

„Und gerade deswegen muss es weitergehen. Wir müssen seinen Traum weiterführen, auch wenn er ihn nicht mehr selbst träumen kann. Du weißt, wie er war. Der Zirkus war sein Ein und Alles, sein Leben, seine Liebe, seine Aufgabe, einfach alles. Und das müssen wir würdigen."

Robert war ein schwergewichtiger, kleiner, runder Mann, der sein ganzes Leben nichts anderes gemacht hatte, als eben Clown zu sein. Sein Vater war der große Ferdo, der selbst Steine zum Lachen bringen konnte, wie man sich erzählte. Und das nur, indem er sie ansah und langsam, ganz langsam, mit einer alten

Geige spielte und dabei zu weinen anfing. Mithilfe eines Gummiballs, den er in seiner Tasche hatte und mit seinem Oberarm zusammendrücken konnte, ohne dass es die Zuschauer sahen, kamen dann Tränen aus seinen Augen.

Er hatte das Handwerk von ihm gelernt, jede Geste, jede Bewegung, jede Grimasse, die man machen musste, um das Publikum zu begeistern. Er kannte nichts anderes, als eben auf Wanderschaft zu sein und die Menschen dazu zu bringen, ihren Alltag für ein paar Stunden zu vergessen.

Er war immer der erste, den man sah, wenn man als Zuschauer das Zelt betrat. Er stand schon am Eingang und wies den Leuten die Plätze an. Dann nahm er sein großes, buntes Taschentuch, das kein Ende hatte und das er aus seiner Hosentasche zog und zog, bis er einfach den Kopf schüttelte und aufgab. Mit diesem Taschentuch putzte er dann den Sitz für die Leute, wies auf den Platz, aber bevor sie sich setzen konnten, saß er selbst auf der Bank. Das rief besonders bei Kindern immer Gelächter hervor.

Oder er nahm sich eine Frau, die mit ihrem Mann gemächlich zum Sitz ging, unter den Arm, wie ein richtiger Gentleman, führte sie auf ihren Platz und setzte sich daneben. Dann tat er so, als würde er sich angeregt mit ihr unterhalten und nicht die Absicht haben, jemals wieder aufzustehen. Der Mann stand dann meist verdutzt daneben und wusste nicht, was er machen sollte. So hatte er Spaß mit den Menschen, und sie mit ihm.

Wenn er auftrat, hatte er ein weiß angemaltes Gesicht, einen übergroßen, roten, aufgemalten Mund, der sich an den Seiten nach oben zog. Schwarze Streifen unter den Augen ließen ihn traurig aussehen. Eine große rote Nase und strohblondes, aufgesetztes Haar vervollständigten den oberen Teil. Ansonsten hatte er immer ein viel zu weites, weißes Hemd mit großen, runden Knöpfen und eine gelbe Pluderhose an. Die gelbe Hose hatte grüne Punkte. Seine Schuhe waren so groß, dass man kleine Kinder darin hätte baden können.

Er war ein gutmütiger Geselle, einer, mit dem man auch außerhalb der Arena Spaß haben konnte. Karl Lautermann war sein Freund gewesen. Er und Karl hatten viele Jahre in unzähligen Engagements zusammengearbeitet, er als Clown, Karl als Dompteur. Dann, als Karl den Zirkus übernahm, hatte er Robert gefragt, ob er mitmachen wolle. Da der Zirkus Morelli, bei dem er zu dieser Zeit arbeitete, gerade schließen musste, wurde Robert übernommen. Es war eine rein rhetorische Frage, das wussten beide.

„Wer wird seinen Part übernehmen, wenn er nun nicht mehr da ist?", fragte Her Buchner.

„Wir dachten da an dich, mein Lieber. Vor jedem Auftritt kommst du einfach in deinem Clownskostüm, machst eine kleine Nummer und dann sagst du den nächsten Akt an. Keiner wird das merken. Alle werden denken, das war schon immer so."

„Gute Idee, Antonio", sagte Carmen Cabrera, die Frau und auch Partnerin von Antonio. „Außer, dass wir die Chefin fragen müssen, ob sie damit einverstanden ist. Vielleicht will sie ja Conférencier sein."

Sie waren schon lange zusammen, die Carmen und der Antonio. Als Carmen 18 Jahre alt gewesen war, sah sie auf einem Plakat vom Zirkus Cabrera, den es damals noch gab, dass man Leute suchte, die mit einem reisen wollten. Kurzerhand sagte sie ihrer Mutter Bescheid, dass sie von nun an ein anderes Leben führen wolle und mit dem Zirkus Cabrera durch die Welt ziehen werde. Die Mutter war geschockt, versuchte alles, es ihr auszureden, jedoch ohne Erfolg. Schließlich war sie alt genug, über ihr Leben selbst zu entscheiden. Was die Mutter nicht davon abhielt, ihr Zimmer so zu belassen, wie sie es verlassen hatte. Allerdings erfuhr Carmen das erst, als ihre Mutter starb und sie den Haushalt auflösen musste. Alles war, wie sie es verlassen hatte. Ihre Mutter hatte einfach die Tür zugesperrt. Vielleicht hatte sie gehofft, dass ihre Tochter zurückkommen würde. Sie kam zurück, ja. Aber erst als es zu spät war. Und nicht freiwillig. Und nicht, um zu bleiben.

Sie wurde damals umgehend engagiert, zuerst als Hilfe für alles, dann als Ersatz am Trapez und nicht viel später als einzige Partnerin für Antonio. Sie heirateten, auch wenn Antonio fast fünfzehn Jahre älter war als sie. Es machte ihr nichts. Sie wollte das Leben leben, wie es kam, und nicht an Morgen denken. Die Freiheit, die Zügellosigkeit, das war es, was sie liebte. Und dann noch etwas: Der Geruch des Lebens, den man in der Nase hatte, wenn man in der Arena stand, war für sie wie eine Droge, von der sie nicht genug bekommen konnte.

Zirkus Cabrera existierte nicht sehr lange. Nach einem schweren Sturm war das Zelt zerstört, und damit auch der Traum vom eigenen Zirkus. Versicherungen gab es keine, niemand wollte einen Zirkus vor dem Ruin schützen, der sowieso fast jeden Tag sein Ende vor Augen hatte. Sie fanden beide einen Platz im Zirkus Tropkow und waren glücklich.

Und so wurde es vereinbart. Alles blieb, wie es war, nur dass Robert, der Clown, die Ansage übernahm. Sollte Elfriede Lautermann auch damit einverstanden sein.

Kapitel 10

Kommissar Wengler und Armin Staller waren ins Büro gefahren. Es hatte keinen Sinn mehr, weiter am Ort des Geschehens zu sein. Es hatte immer stärker angefangen zu regnen. Die Wiesen verwandelten sich langsam in Morast. Die wenigen geteerten Flächen waren überdeckt mit allen möglichen Utensilien, mit Wagen, Pfählen, Kisten und Sandbergen. Es blieb nur, die nassen, braunen Schlammwege zu benutzen, wollte man von einem zum anderen Platz gelangen. Und das machte die Schuhe des Kommissars nicht nur schmutzig, sondern auch noch schwer. Der braun-grüne Dreck hatte sich an Sohle und Oberleder festgesetzt und würde sich in nächster Zeit nicht mehr lösen.

„Dieser verdammte Dreck. Macht mir noch meine ganzen Schuhe kaputt. Wie krieg ich die denn wieder sauber?"

„Einfach unters Wasser halten, Herr Kommissar, so mach ich das immer. Und dann stell ich sie auf die Heizung, über Nacht, dann sind die am Morgen wie neu."

Der Kommissar betrachtete Armin, als käme der gerade von einem anderen Stern.

„Gute Idee, Armin. Aber ich denke, das kann man sich sparen, deine Putzmethode. Am besten schmeißt man sie gleich in den Müll."

„Das ist in diesem Fall auch keine schlechte Lösung."

Die Theresienwiese hatte über die letzten zweihundert Jahre eine wechselvolle Geschichte erlebt. Das erste Mal zum Einsatz kam sie als Festplatz zur Hochzeit von König Ludwig dem ersten, dem Vater des Märchenkönigs, im Jahre 1812. Damals lag sie weit außerhalb der Stadt. Ein Pferderennen zum Abschluss dieser Feier war der Auftakt des Oktoberfests, das seit dieser Zeit jedes Jahr stattfinden sollte. Der König hatte beschlossen, dieses Fest zur Ehre seiner selbst jedes Jahr zu wiederholen. Dem Volk sagte er, es wäre zu dessen Unterhaltung. Und dem Volk war es ohnehin egal, warum man feierte. Feiern wollte man, der Grund dafür war eigentlich völlig nebensächlich.

Dann fand die Theresienwiese Verwendung für Kundgebungen, die gerade nach dem ersten und vor dem zweiten Weltkrieg so aktuell waren. Auch das tausendjährige Reich wurde dort gebührend gefeiert. Zu Beginn der Luftfahrt diente sie zeitweise auch als Flugplatz. Die Theresienwiese hatte tatsächlich schon so einige Ereignisse gesehen.

„Wusstest du das, Armin, dass unsere Wiese der Theresia schon so lange da ist? Schon seit über zweihundert Jahren. Und keiner wagt es, sie mit irgendwelchen hässlichen Bauten zuzubauen."

„Nur eine Frage der Zeit, Herr Kommissar. Dann wird man das Oktoberfest in ein neu gebautes Stadium verlagern, Eintritt verlangen, es zu einer Dauereinrichtung machen und noch mehr Geld verdienen. Die Bierzelte werden als feste Gebäude erstehen, die

Karussells und Fressbuden ebenso, und dann haben wir ein bayerisches Disneyland."

Der Kommissar sah Armin an, als hätte man ihn gerade eines Mordes überführt.

„Ich hoffe, ich muss das nicht erleben, wenn du recht hast. Im Grab würd ich mich noch umdrehen, wenn das einmal der Fall wäre."

Armin hatte, noch bevor sie vom Zirkus weggingen, die Liste der Leute bekommen, die an dieser Tournee teilnehmen sollten.

„Armin, wer ist denn nun auf dieser Liste, von den Artisten und den Arbeitern? Kann ja nicht sehr lang sein. So ein kleiner Zirkus. Dass es die überhaupt noch gibt." Eine kleine Pause entstand, in der der Kommissar sichtlich nachdachte.

„Ja, das ist wirklich ein Wunder, aber es gibt sie eben noch, diese Enthusiasten, die meinen, die Welt mit ihrer Kunst verbessern zu können. Sie kommen mir vor, wie Don Quichotte, der gegen die Windmühlen ankämpfte."

„Da ist was Wahres dran, Herr Kommissar. Die machen das mit Sicherheit nicht wegen des Geldes."

Sie sahen sich gegenseitig an und konnten beide einen gewissen Blick der Bewunderung nicht verbergen.

„Aber nun zu der Liste. Also, Herr Kommissar, da ist einmal natürlich der Antonio Cabrera mit seiner Frau, der Robert Buchner, der den Clown macht, dann haben wir noch einen gewissen Sigmund Korbel, den Zauberer. Der macht übrigens auch noch die Dressur mit dem Pferd."

„Die haben auch Pferde?"

„Ja, eines. Das kann angeblich rechnen. Scheint ein Riesenspaß für die Kinder zu sein."

„Rechnen?"

„Ja, wenn ich das richtig verstehe, tritt das Pferd immer mit dem Vorderhuf auf, so oft eben, wie es die gerade errechnete Zahl ist. Natürlich gibt der Korbel ihm mit seiner Rute an, wie oft er aufstampfen soll."

„Ach so. Ich dachte schon, das ist so was wie ein Navi. Die machen auch diese Sachen, die keiner begreift. Und wen noch?"

„Maria Zahn. Sie ist die Seiltänzerin und als zweiten Akt macht sie diese Nummer, wo man sich in so eine Art Vorhang aufwickelt und dann wieder runterfällt, wenn Sie wissen, was ich meine. Nicht runterfällt, abwickeln, meine ich natürlich. Der Vorhang ist oben an der Decke aufgehängt."

„Ja, ich glaub, ich weiß, was das ist. Und wer noch?"

„Das waren die Artisten. Dann haben wir noch zwei Helfer, ein paar Hunde und das war es dann."

„Wer sind die Helfer?"

„Anatol Bedrich und Marek Podolski."

„Ausländer."

„Ja, Polen, sprechen kaum Deutsch."

„Wirklich kein großer Zirkus."

„Nein, Herr Kommissar, aber, wie Sie schon gesagt haben, es ist schön, dass es so etwas heute noch gibt. Ich mag so einen kleinen Zirkus auch lieber. Da hat man noch so richtig das Erlebnis, ich meine, wie es früher einmal war."

„Armin, du bist zu jung, um von 'früher' zu reden. Das ist mein Privileg. Und ja, du hast recht. So war es früher einmal, vor langer, langer Zeit."

Der Kommissar schien für einen Moment in diese Zeit zurückversetzt zu sein. Jedenfalls schienen seine Gesichtszüge das auszudrücken. Es dauerte allerdings nicht lange, bis ihn die Realität wieder eingeholt hatte.

„Gut. Wir müssen herausfinden, wer diese Leute sind. Ich glaube, dass es irgendetwas mit diesen Personen auf sich hat."

„Ich werde mich darum kümmern."

„Tu das, Armin. Ich werde jetzt nach Hause gehen, meine Schuhe unter heißem Wasser abwaschen und dann auf die Heizung stellen. Und, damit ich mir Zeit spare, mich selbst gleich mit. Alles in einem Aufwasch. Unter der Dusche, mein ich."

Damit zog sich der Kommissar seine Jacke an, nahm den Schirm und war auf dem Weg, das Büro zu verlassen.

In diesem Moment klingelte das Telefon.

„Herr Dr. Brunner, was können wir für Sie tun?", fragte Armin, als er den Hörer abgenommen hatte. Armin bedeutete dem Kommissar, sich doch noch die Zeit zu nehmen und mitzuhören. „Sie sind auf Lautsprecher, Dr. Brunner. Der Kommissar würde es wahrscheinlich auch gerne hören, was Sie zu sagen haben."

„Also, meine Herren, Sie hatten recht. Der Tote wurde, nachdem man ihn erschossen hatte, mit Sicherheit umgedreht. Man versuchte, wahrscheinlich erfolgreich, etwas aus seiner Jackentasche herauszuholen. Erfolgreich deswegen, da wir nichts in seiner Tasche gefunden haben. Es muss allerdings auch nichts drin gewesen sein, wenn Sie wissen, was ich meine. Nichts gefunden ist eigentlich nicht ganz richtig. Wir haben Blutspuren an der Innentasche entdeckt, die davon stammen könnten, dass jemand dort etwas gesucht und die Person sich dabei mit Blut beschmiert hat. Allerdings waren Blutspuren nur an dieser einen Tasche, was heißt, dass die Person nicht alle Taschen durchsucht hat. Wahrscheinlich hat er gefunden, was er gesucht hat, dieser jemand. Wir können davon ausgehen, dass es ein Mann war, da es sehr schwer war, den Toten zu bewegen. Wer immer das gemacht hat, war nicht sehr vorsichtig oder hatte es sehr eilig. Aber mehr als dieses Blut haben wir nicht. Und es ist das Blut des Opfers."

„Danke, Dr. Brunner. Ich weiß nicht, ob uns das weiterhilft, aber jedenfalls wissen wir nun, dass es offensichtlich einen Grund gab, Herrn Lautermann zu töten. Ich glaube, wenn wir finden, was in dieser Tasche war, wissen wir auch, warum er sterben musste."

„Es muss wichtig genug gewesen sein, Herr Kommissar, sonst hätte man ihn doch nicht dafür erschossen."

„Dr. Brunner, Menschen sind oft schon aus sehr nichtigen Gründen ins Jenseits befördert worden, glauben Sie mir."

Damit drehte der Kommissar sich um und verließ das Büro, ohne noch ein Wort zu verlieren. Er ging ganz langsam, unter knirschendem Geräusch, den Gang zum Ausgang entlang. Mit jedem Schritt löste sich etwas von seinen Schuhen, so dass man die Spur zu seinem Büro ausgezeichnet zurückverfolgen konnte, hätte man das aus irgendeinem Grund gewollt. Der Schlamm war getrocknet und fiel bei jedem Schritt in immer größeren Brocken ab.

'Na ja, da kann ich mir die Dusche ja sparen', sagte er zu sich selbst und konnte ein kleines Grinsen nicht unterdrücken. Die, die ihm entgegenkamen, wunderten sich nur über die Heiterkeit des Kommissars, die sie gewiss nicht jeden Tag zu Gesicht bekamen. Und über die Spuren, die er hinterlassen hatte.

Kommissar Wengler entschied sich, die längere Route zur U-Bahn zu nehmen. Die Wolken zerrissen wie feuchtes Papier und öffneten immer wieder für kurze Zeit einen blauen Himmel. Man hatte ihn lange nicht gesehen, aber es gab ihn noch. Den bayerischen Himmel. Blau und weiß. Also gab es keinen Grund, nicht den langen Weg zu nehmen. Erst vorbei an der Frauenkirche, dann rechts runter in die Fußgängerzone, weiter zum Marienplatz und von dort, durch den Marienhof, zur Oper. Am Odeonsplatz würde seine U-Bahn halten. Am Löwen vor der Residenz, berührte er, wie jedes Mal, wenn er dort vorbei kam, die Tatze. Sie war blank geputzt und blinkte wie Gold, da das jeder, der Gelegenheit dazu hatte, ebenso tat. Man sagte, dass das Streicheln der Tatze einem immer Geld im Beutel versprach. Und daran glaubte er.

Er liebte seine Stadt. Jeden Stein und jeden Baum, einfach jeden Zentimeter. Er konnte nicht genug davon bekommen. Woanders zu wohnen und zu leben, betrachtete er als schweren Landesverrat, der mit der lebenslangen Ausweisung in ein nördliches Bundesland bestraft werden sollte. Am besten irgendwo an der Ostsee, da ist es besonders flach, nass und windig. Da kann man dann nur noch von den Bergen träumen. Und Ostfriesentee mit Kandiszucker trinken. Als Strafe, sozusagen, anstatt Bier.

Kapitel 11

Der nächste Tag sollte viel Arbeit bringen. Man musste alle, die zur Tatzeit in der Nähe des Zirkus gewesen waren, befragen. Jeden einzelnen. Armin Staller hatte das übernommen. Das Wetter mit dem Blau und Weiß hatte nicht lange gehalten. Schließlich war es April, und es spielte verrückt. Einmal Sonne, dann Regen, dann wieder Sonne und zwischendurch Schnee. Nicht dass man überrascht war. Aber es ging dem Kommissar dennoch auf die Nerven. Und damit auf sein Gemüt.

„Armin, warum kann man nicht einfach einschlafen und wenn es Juni ist wieder aufwachen? Juni ist immer der schönste Monat im Jahr."

„Weil wir keine Bären sind."

„Was war das denn für eine Antwort? Da hab ich aber schon was Besseres gehört."

Armin Staller zuckte nur mit den Schultern. Vielleicht war es wirklich nicht die beste Antwort. Also gab sich jeder wieder seiner Arbeit hin. Der Kommissar beschäftigte sich mit den neuesten Nachrichten in seiner geliebten Zeitung, Armin Staller suchte etwas am Computer.

„Auf der Liste steht noch jemand, Herr Kommissar. Roman Merz, der Manager des Vereins."

„Was, Manager? Ich dachte, das sei der Tote gewesen."

„Nein, Herr Kommissar, der war der Besitzer. Der Manager ist derjenige, der alles kontrolliert und in der

Hand hat, wenn Sie wissen, was ich meine. Die geschäftlichen Sachen, die Leute, die alles machen müssen, damit die Artisten sich auf die Vorstellung konzentrieren können."

„Und warum haben wir den gestern vergessen?"

„Haben wir nicht, wir haben uns nur alle aufgeschrieben, die anwesend waren. Und Herr Merz war nicht anwesend gewesen, steht aber auf der Liste, die man uns gegeben hat. Ich habe schon angerufen und Frau Lautermann sagte mir, dass Herr Merz in Augsburg gewesen sei. Dort hatten sie ihr letztes Engagement und dort ist auch sein Wohnwagen kaputt gegangen. Oder besser gesagt, nicht mehr zu bewegen gewesen. Einfach nicht mehr angesprungen. Also ist er einen Tag länger in Augsburg geblieben, bis jemand das Fahrzeug repariert hat. Heute soll er nun gegen Nachmittag eintreffen. Er weiß bereits, was passiert ist."

„Und, fahren wir wieder dorthin?"

„Ja, lässt sich nicht vermeiden. Ich glaube, jeder ist so beschäftigt, dass er keine Zeit hat, hier bei uns im Präsidium vorbeizuschauen."

„Und, worauf warten wir?"

„Darauf, dass Sie Ihre Süddeutsche gelesen haben."

„In der übrigens schon drinsteht, dass es im Zirkus Tropkow einen Mord gegeben hat. Und dass die Polizei fieberhaft daran arbeitet, dieses Verbrechen aufzuklären."

„Wir arbeiten also fieberhaft?"

„Wenn die das schreiben, Armin, muss es doch so sein, oder? Was in der Zeitung steht, wird schon stimmen."

„Gewiss, Herr Kommissar, gewiss."

Kapitel 12

Sie machten sich auf den Weg. Es war noch früher Morgen. Die Geschäfte auf der Schwanthaler-straße, der kürzeste Weg vom Kommissariat zur Fest-wiese, bekamen ihre Lieferungen. Immer wieder musste man hinter einem Lastwagen halten, der ge-rade etwas auszuladen hatte. Gesten in Richtung des Fahrers führten nur dazu, den Finger gezeigt zu be-kommen. Vor 10 Uhr würde man nicht aufmachen, hier in dieser Straße. Es war keine gute Gegend, diese Schwanthalerstraße. Es war eine Ausfallstraße, eine, die man nur nahm, wenn man aus der Stadt hinaus-fuhr, Richtung Westen, in Richtung der Autobahn. Hier wohnten nur noch wenige Leute. Meistens wa-ren es Hotels an der Straße, billige Hotels, für Men-schen, die es sich an sich nicht leisten konnten, in München zu sein, aber trotzdem da sein wollten. O-der aus irgendeinem Grund mussten.

Nachts war dies ein Barviertel. Nicht die besten Bars und auch nicht die feinsten. Bars, die man als Normalbürger möglichst meiden sollte. Die Straße lag nahe am Bahnhof, hatte also auch nicht das feinste Publikum. Drogen waren problemlos zu haben, wenn man die Augen offen hielt.

Nur um die Oktoberfestzeit, da wurde es dann wichtig, dieses graue, nichtssagende Band aus As-phalt. Die Schwanthalerstraße wurde aus ihrer tägli-chen Bestimmung herausgerissen. Für einen halben Samstag. Durch diese Straße fuhren dann die großen

Bierwagen all der Brauereien. Gezogen von sechs o-
der acht Pferden, herausgeputzt für das große Ereig-
nis, zogen sie die hölzernen Wagen, auf denen man
das Bier in Richtung Theresienwiese transportierte.
Voran marschierten der Bürgermeister, die weiteren
Honoratioren der Stadt und des Landes Bayern sowie
das Münchener Kindl. Hinter den Bierwagen kamen
die Schausteller und Budenbesitzer. Links und rechts
der Straße drängten sich die Schaulustigen und marschierten am Ende mit, bis zur Theresienwiese.

Und dann wurde die 'Wies'n', wie man sie nannte,
eröffnet. Genau um elf Uhr morgens. Und wenn der
jeweilige Bürgermeister unter dem Beifallssturm der
im Zelt Anwesenden das erste Fass Bier anstach und
den berühmten Spruch sagte: 'O'zapft is' – was auf
Hochdeutsch hieß, dass das Fass nun angezapft war –
ging es los. Die erste Maß bekam dann der amtierende
Ministerpräsident. Elf Böllerschüsse wurden noch an
der Bavaria abgegeben, damit alle wussten, dass sie
nun endlich offen war, die Wies'n. Das zweiwöchige
Besäufnis also anfangen konnte.

Nur heute, an dem Tag, als der Kommissar und
Armin Staller zum Zirkus unterwegs waren, gab es
keine Parade. Die Straße war wie alle Straßen waren:
grau, schmutzig, voller Menschen, die irgendwohin
mussten. Nur um irgendwann wieder umzudrehen
und denselben Weg zurück zu gehen.

Der Platz um den Zirkus war aufgeräumt. So gut
es eben ging. Ein Mann in den fünfzigern, groß, breite
Schultern, mit einer schwarzen Wollmütze auf dem
Kopf, stand am Eingang und gab Anweisungen. Die

zwei Helfer transportierten Bänke ins Zelt, die um die Manege herum aufgestellt werden sollten.

„Armin, komm lass uns ins Zelt gehen. Da ist es vielleicht ein bisschen gemütlicher."

Sie gingen also in das blaue Zelt, mit den zwei spitzen, hohen Pfählen, die in einem Abstand von etwa zehn Metern nebeneinander aufgebaut waren und ein längliches Zeltdach bildeten. Alles war mittlerweile komplett aufgebaut. Es schien nur noch die Inneneinrichtung zu fehlen.

„Was machen Sie da? Gehen Sie sofort aus dem Zelt, Sie haben da nichts zu suchen!"

Die Stimme war laut und bestimmt. Wären die zwei nicht von der Polizei gewesen, hätten sie sicher sofort umgedreht.

Der Kommissar war der erste, der nachsah, woher die Stimme kam.

„Wir sind von der Kriminalpolizei, Kommissar Wengler und mein Assistent, Armin Staller."

Dabei zogen beide ihre grünen Plastikkarten aus der Hosentasche und zeigten sie dem Mann, der auf sie zukam.

„Ja, wenn das so ist. Konnte ich ja nicht wissen. Entschuldigung auch."

„Sie müssen sich nicht entschuldigen. Wer sind denn Sie?"

„Merz, Roman Merz, ist mein Name. Ist ja schrecklich, was hier passiert ist! Da ist man einmal nicht da und schon passiert so was."

„Sie sind also der Herr Merz. Zu Ihnen wollten wir sowieso. Können wir uns irgendwo hinsetzen und reden?"

„Ja, Herr Kommissar, kommen Sie mit. Hier, auf der Bank dort drüben können wir in Ruhe reden."

Sie gingen zusammen in Richtung der Bank, die mitten in der Manege stand. Entlang der Bank, die von einem Biergarten hätte stammen können, war ein Tisch aufgebaut, auf dem Essensreste, Bierflaschen und Spielkarten lagen. Scheinbar war es die Pausenbank. Den Karten nach zu urteilen, spielte man ein einfaches Spiel. Mau-Mau. Sicher nichts Kompliziertes und Hirnschmalz Verbrauchendes wie Schafkopf. Herr Merz setzte sich, räumte alles, was auf dem Tisch war, mit einem Schwung auf die Seite, indem er mit seinem Ärmel einfach den Tisch entlang wischte.

„'Tschuldigung, aber die räumen nie auf hier."

„Macht nichts, wir sind nicht hier, um Ihre Arbeiter zu überprüfen, wir wollen uns mit Ihnen unterhalten."

„Gut, ja, aber ich kann Ihnen nichts sagen. Ich war ja überhaupt nicht hier, wie das alles passiert ist. Ich war in Augsburg, weil mein verdammter Karren nicht mehr angesprungen ist. Zu feucht und zu kalt, wahrscheinlich. Ist nicht mehr der Jüngste. Die anderen sind dann schon mal vorgefahren, und wie ich den Anruf bekommen hab, heut Früh, bin ich dann auch sofort losgefahren."

„Wer hat Sie denn angerufen?"

„Herr Staller, richtig?"

Armin Staller nickte.

„Es war Antonio, Antonio Cabrera. Der ruft mich ganz aufgeregt an, dass ich sofort kommen soll. Sie wüssten nicht, wie es weitergehen solle. Der Chef sei tot. Na ja, zuerst hab ich gedacht, der spinnt. Wieso soll denn der Chef tot sein? Aber dann hat er mir erzählt, was war, und dann hab ich ihm gesagt, er soll nur ganz ruhig bleiben, ich wär in einer Stunde da."

„Das Auto war also wieder fahrbereit?"

„Ja, Herr Kommissar, gestern schon, aber ich wollte erst am Morgen fahren, da ich nicht nachts irgendwo auf der Autobahn liegen bleiben wollte. Dann schon lieber am Tag. Man weiß ja nie."

Der Kommissar hatte mittlerweile sein kleines weißes Buch aufgeschlagen und angefangen, sich Notizen zu machen. Es roch nach Zirkus. Nach nasser, fauler Holzspäne und Pferdemist. Nach feuchter Erde und Morast. Nach grünem Gras, das nur noch spärlich auszumachen war. Nach vergangenen Zeiten, die nie mehr kommen würden. Und es zog durch jede Ritze des noch teilweise offenen Zeltes. Zwei Helfer trugen eine Bank nach der anderen herein und stellten sie um die Manege herum auf. Jedes mal, wenn sie hereinkamen, warfen sie einen Blick hinüber zu dem Tisch, an dem die drei saßen, und gingen dann wieder ihrer Wege. Das Zelt wurde vollgestellt. Auf der gegenüberliegenden Seite des Eingangs war eine große Plane, die man von Hand zur Seite schieben konnte. Darüber war ein hölzernes Schild 'Zirkus Tropkow' angebracht, eingerahmt von vielen kleinen, bunten Lampen. Abends sollten sie eine heimelige Stimmung erzeugen, das Gefühl, in einer anderen Welt zu sein.

Von dort würden die Artisten und alle, die etwas dar-
zubieten hatten, eintreten. Am Vormittag war es
nichts anderes als eben ein Schild. Und der große Vorhang war noch zu. Die Stimmung des Abends war
noch nicht so richtig existent. Es war eher grau. Ungemütlich.

„Und das kann sicher jemand bezeugen, Herr
Merz?"

„Muss das jemand bezeugen, Herr Kommissar?"

„Herr Merz, wir ermitteln in einer Mordasche, also
ist jeder, der den Toten kannte oder mit ihm zu tun
hatte, erst einmal ein Verdächtiger, bis wir beweisen
können, dass er oder sie es nicht gewesen sein kann.
Durch ein Alibi, zum Beispiel."

„Ich habe geschlafen, in meinem Wohnwagen, also
hab ich kein Alibi. Tut mir leid. War es das?"

Der Kommissar sah Armin an und gab ihm zu verstehen, dass da wohl erst mal nicht mehr zu erfahren
sei.

„Nur noch eine Frage, Herr Merz. Was machen Sie
hier im Zirkus, was genau ist Ihre Funktion?"

„Ich manage alles, den Aufbau, den Abbau, die Sicherheit für unsere Artisten, das Licht, die Musik, die
Abfolge der Auftritte, einfach alles."

„Und wie kommt man zu so einem Job?", fragte
Armin.

„In meinem Fall kannte ich Herrn Lautermann,
und da er gerade jemanden gesucht hatte, der diese
Aufgabe übernimmt, hat er mich eingestellt."

„Und das war wann?"

„Das war vor zwei Jahren. Ja, fast genau vor zwei Jahren. Wir könnten das Zweijährige feiern, wenn es nicht so tragisch verhindert worden wäre."

Der Kommissar und Armin sahen sich an und wussten, dass es auch hier eine Vorgeschichte geben musste. Manchmal waren die Vorgeschichten der Menschen der Schlüssel zur Wahrheit und manchmal auch zur Lösung des Falles.

„Und was haben Sie vorher gemacht, ich meine, bevor Herr Lautermann Sie engagierte?"

Herr Merz schien nachzudenken, angestrengt nachzudenken. Warum muss man nachdenken, was man in seinem Leben gemacht hat, fragte sich der Kommissar. Ist es nicht offensichtlich? Muss man dafür in seinem Gedächtnis nachforschen?

„Ich war bei der Fremdenlegion. Manchmal da und manchmal dort. Hauptsächlich in Afrika."

„Und Sie hatten keine Adresse in Deutschland, nehme ich an?"

„Nein, Herr Kommissar. Ich hatte bis vor zwei Jahren keine Adresse in Deutschland."

„Haben Sie denn jetzt eine?", fragte Armin.

„Ja, in unserem Winterquartier. In Westfalen. Dort haben wir einen Hof, in dem wir alles aufbewahren, und dort können wir auch unsere Wohnwagen abstellen. Dort wohnen wir dann, bis es wieder auf Reisen geht. Meist fahren wir Anfang März los, immer Richtung Süden, so schnell es geht, und dann langsam wieder Richtung Norden, sodass wir gegen Ende Oktober wieder zu Hause sind."

Es war seltsam, dachte sich der Kommissar, immer wenn jemand von seiner Person ablenken will, erzählt er Sachen, die man überhaupt nicht gefragt hatte. Da war etwas, worüber Herr Merz nicht reden wollte. Er würde es herausfinden und ihn dann danach fragen, jetzt hatte es keinen Sinn, weiter danach zu bohren. Dabei würde nichts herauskommen.

„Armin, ich glaube, wir sollten uns nun einmal mit dem Trapezmann unterhalten, der Herrn Lautermann gefunden hat."

„Ja, aber Herr Kommissar, wir…"

„Armin, komm, lass uns in den Wohnwagen gehen, wo der wohnt."

Beide standen also auf, verabschiedeten sich von Herrn Merz und gingen durch den großen Vorhang nach draußen. Es war der rote Wagen mit gelber Schrift über den ganzen Wagen: 'Zirkus Tropkow'. In goldenen Buchstaben, im Bogen geschrieben. Zu diesem Wagen wollten sie.

„Herr Kommissar, wir haben doch noch…"

„Armin, ich weiß, aber von dem bekommen wir nichts mehr heraus. Fremdenlegion. Das sagt man immer, wenn man nicht erklären kann, wo man wirklich war. Wir werden das herausfinden und uns dann wieder mit ihm unterhalten."

Kapitel 13

Es gestaltete sich nicht einfach für den Kommissar, zu dem Wagen zu gehen. Der Morast, der immer tiefer wurde, je mehr sie sich näherten, zog ihm fast die Schuhe aus. Bei jedem Schritt schnalzte es. Es war schwere Arbeit, durch den Schlamm seinen Weg zu finden.

„Ist schon egal, Armin, meine Schuhe sind bereits ruiniert, jetzt kann ich nur noch versuchen, meine Socken zu retten."

„Vielleicht können Sie die Schuhe ja als Betriebsausgaben absetzen", meinte Armin ein bisschen scherzhaft.

„Armin, eher könnte man dich davon absetzen. Nur, dass wir nichts für dich bekommen."

So war das Gleichgewicht wieder hergestellt.

Endlich am roten Wagen angekommen, klopften sie. Es dauerte eine Weile, bis man Schritte hörte. Carmen Cabrera öffnete die Tür einen kleinen Spalt. Sie hatte einen roten Seidenmantel an, eher einen Morgenrock, den sie fest um sich gebunden hatte. Goldene Drachen und grüne Landschaften waren aufgestickt. Er gab alle Formen ihrer Figur preis, und derer waren einige. Ihre vollen, schwarzen Haare hingen wie geordnet auf ihren Schultern. Scheinbar hatte sie sich gerade ausgeruht, da sie ein bisschen müde fragte, was man denn wolle. Und bevor sie die Tür öffnete, ihre Haare zurecht gemacht hatte. Das entging dem Kommissar nicht, wenn er auch schon ein wenig aus der Übung war, was die routinemäßige

Haarpflege von Frauen betraf. Die Überbleibsel seiner Haare waren sehr schnell mit zwei Händen in die richtige Lage gebracht. Nicht einmal einen Kamm brauchte er mehr.

„Kommissar Wengler, und das ist mein Assistent, Armin Staller."

Dabei zeigte er seinen grünen Ausweis, mit dem Hologramm des bayerischen Staates in der Mitte, den er bereits in der Hand hatte.

„Wir würden gerne mit Ihrem Mann sprechen. Ist er zu Hause?"

„Ja, kommen Sie herein, meine Herren. Ist das nicht schrecklich, was passiert ist? Wir haben gerade noch miteinander darüber geredet. Wissen Sie, wir sind wie eine Familie, und wenn dann so etwas passiert, ist es, als wäre ein Verwandter gestorben. Setzen Sie sich doch bitte."

Bei diesen Worten deutete sie auf eine Bank, die entlang des Wagens an einer Seite angebracht war und die eine Hälfte einnahm. Auf der anderen Seite war die Küchenzeile und dazwischen der Tisch, der sowohl als Esstisch als auch als Bürotisch diente, wie zahlreiche Papiere und Fotos belegten.

Antonio Cabrera saß am Ende des Tisches und blickte kurz auf. Er hatte wohl gerade das, was auf dem Tisch lag, durchgesehen. Jedenfalls räumte er alles hastig zusammen und verstaute es in einer Schachtel, die er umgehend mit einem Deckel verschloss und unter den Tisch, in die Nähe seines Stuhles, stellte. Auf der Bank saßen noch zwei Personen, eine Frau und ein Mann.

„Und Sie sind?", fragte der Kommissar, als diese ihn fragend ansahen.

„Ich bin die Maria Zahn, die Seiltänzerin."

„Und ich bin der Zauberer, Korbel, Sigmund Korbel.

Hinter dem Tisch, zum Ende des Wagens hin, war ein Vorhang und der Kommissar vermutete, dass es dort in die Schlafräume ging. Oder besser gesagt, dass das Bett dort stand. Schlafräume gab es in einer Wohnung, dachte er sich, hier war man froh, ein Bett unterzubringen. Er konnte sich nicht vorstellen, auf so kleinem Raum zu leben, aber wahrscheinlich war das nur eine Frage des Standpunkts. Und eine Frage dessen, womit man aufgewachsen war.

Als er nach dem Krieg mit seiner Mutter in die Wohnung zog, die man ihnen zugeteilt hatte, kam sie ihm groß und unheimlich weiträumig vor. Sie hatten bis dahin in einem Zimmer bei einer Familie in einer Villa gewohnt. Es war ein kleines Zimmer, unter dem Dach, ohne Bad und Toilette. Die Toilette war zwei Stockwerke tiefer und es war nicht gestattet, nachts dorthin zu gehen. Sie hatten einen Nachttopf, den der Kommissar schon als Kind sehr diskriminierend empfand, wenn er auch zu dieser Zeit weder das Wort kannte, noch wusste, was es bedeutete. Er hatte nur immer das Gefühl, etwas Geringeres zu sein als die Leute, die ein Zimmer hergeben mussten, damit jemand, der ausgebombt worden war, einen Platz zum Schlafen hatte.

Dann zogen sie eines Tages in diese Wohnung. Sie war keine 40 Quadratmeter groß, aber ihm kam sie vor wie ein Palast. Sie hatten ein eigenes Bad und eine Toilette, auf die er gehen konnte, wann und so oft er wollte. Auch nachts. Manchmal ging er nur dort hinein, um sich auf den Klodeckel zu setzen. Es machte ihm Spaß, niemanden fragen zu müssen. Es war Luxus pur. Und sie hatten eine Badewanne, mit einem Boiler, den man mit Holz und Kohlen befeuern konnte. Seine Aufgabe war es, im Wald, der zu Fuß keine zehn Minuten entfernt war, Holz zu sammeln, damit man das Badewasser heiß machen konnte. Am Bahndamm gab es auch noch Kohle, die die Wagen der Bahn verloren hatten. Ein Eimer kam da immer zusammen, wenn er abends dort entlangging. Diesen Eimer stellte er auf das Brett seines Rollers, mit dem er jeden Tag unterwegs war. Die Kohle reichte immer für zwei Badetage. Jeden Samstag wurde gebadet. Zuerst seine Mutter und dann er. Im selben Wasser. Man musste sparen, es reichte immer gerade mal für eine Füllung.

Es gab neben der Küche ein Schlafzimmer und ein Wohnzimmer. Die Mutter kaufte eine gebrauchte, ausziehbare Couch, stellte sie ins Wohnzimmer und machte dieses dann jeden Abend zu ihrem Schlafzimmer. Der Kommissar hatte sein eigenes Zimmer. Ganz für sich allein. Mit einem Bett. Das man morgens an die Wand klappen konnte, da es, wenn es heruntergeklappt war, fast den ganzen Raum einnahm. Das Fenster war an der Stirnseite des Raumes angebracht. Unter diesem stand ein kleiner Tisch, den man hochklappen musste, wollte man das Bett nach unten klappen.

Ja, dachte er sich, als er in dem Wohnwagen stand, es war auch eng, dort, wo er aufgewachsen war, aber es war sein zu Hause. Und er hatte nur schöne Erinnerungen an diese Zeit. Es war nie genug Platz, aber seine Mutter machte ein Schloss daraus.

Frau Cabrera nahm einige Sachen von den Stühlen und der Bank und warf sie durch den Vorhang in das hintere Ende des Wagens. Das gab einen kurzen Blick frei auf die Einrichtung. Wie der Kommissar richtig vermutete, war dort das Bett. Der Kommissar und Armin fanden je einen Stuhl, auf den sie sich setzen konnten.

„Wir müssen mit jedem sprechen, Herr Cabrera, jedem, der in der Nacht hier auf dem Platz war. Sie haben doch Herrn Lautermann gefunden, nicht wahr?"

Herr Cabrera hatte sich nicht die Mühe gemacht, die beiden Besucher zu begrüßen. Es sah so aus, als hätte er derzeit wichtigere Probleme, als sich um zwei Kommissare zu kümmern, die auf einmal hereingeschneit kamen und ihn in seiner Tätigkeit unterbrachen.

„Ja, Herr Kommissar. Ich bin zu der Zeit gerade ins Zelt gegangen, da ich nachschauen wollte, wie es mit unserem Trapezaufbau steht. Und wie ich den Vorhang aufmache, sehe ich unseren Chef dort liegen. Ich bin dann sofort zur Chefin gelaufen und wir haben die Polizei gerufen."

„Und bis dahin war der Tote alleine?"

„Ja, das nehme ich an, wieso?"

„Nichts Wichtiges. Eine Frage: Wie lag der Tote? Auf der Seite oder auf dem Bauch?"

„Ja, wie Sie das jetzt so fragen, lag er auf dem Bauch, wie ich ihn gefunden hab. Und dann, wie ich mit der Chefin gekommen bin, war er ein bisschen auf die Seite gedreht. Ja, das ist mir gar nicht so aufgefallen. Aber wenn Sie das jetzt so fragen, kommt mir das schon komisch vor."

„Wie lange dauert es denn, vom Zelt bis zum Wagen der Frau Lautermann und zurück?"

„Keine zwei oder drei Minuten, bestimmt nicht länger."

„Haben Sie jemanden gesehen oder bemerkt?"

„Nein, bestimmt nicht. Es war keiner da, ich habe niemanden gesehen."

Der Kommissar machte sich wieder Notizen. Es musste sich also jemand, wahrscheinlich der Täter, zu der Zeit, als Antonio Cabrera ins Zelt kam, dort aufgehalten haben. Er hörte Antonio kommen, versteckte sich, nahm sich den Umschlag aus der Innentasche und ist dann verschwunden. Keiner hat ihn gesehen oder bemerkt. Das wiederum bedeutete, dass der Täter sich mit den Verhältnissen im Zelt ausgekannt haben muss. Er wusste, wo er sich verbergen konnte, sollte jemand in der Manege auftauchen. Er wusste auch, dass alle schon im Bett waren, und rechnete nicht mehr mit einem Besuch. Nur, warum war Herr Lautermann noch einmal im Zelt?

„Können Sie sich denken, warum Ihr Chef um diese Zeit noch im Zelt war, wo doch schon alle Feierabend gemacht hatten?"

„Er war immer der Letzte, der ging. Er hat immer alles kontrolliert. Der Merz war nicht da, gestern, der hatte Probleme mit seinem Auto und war in Augsburg geblieben. Normalerweise macht das der Merz immer, ich meine, nachschauen, ob alles in Ordnung ist. Diesmal hat es der Chef selbst gemacht. Es hatte stark geregnet, und wenn auch noch Wind aufkommt, kann es teuer werden, wenn nicht alles sicher angebunden ist. Ich weiß das. Unser Zelt wurde vom Wind in alle Richtungen verweht."

„Verstehe. Und wo waren Sie, ich meine, bevor Sie Herrn Lauterbach gefunden haben?"

„Hier im Wohnwagen", sagte seine Frau, die sich bis dahin zurückgehalten hatte.

„Wir wollten gerade aufstehen und Frühstück machen, da hat der Antonio gesagt, 'Ich muss mal schauen, ob alles in Ordnung ist', und ist ins Zelt gegangen."

Es war warm und gemütlich im Wagen. Der Wind, die Nässe und der Regen blieben draußen. Die Heizung hielt, was sie versprach, und machte den Wagen zu einem Refugium, in das man sich gerne zurückzog. Das Geschirr vom Frühstück stand noch auf dem schmalen Küchenschrank. Es war alles ein bisschen enger, als man es von einer normalen Wohnung gewohnt war. Der Kommissar sah sich um und versuchte sich vorzustellen, wie man sein Leben in einem dieser Wagen verbrachte. Tagein, tagaus, immer nur in einem Raum, der nicht sehr viel größer war als sein Badezimmer. Nicht dass er ein sehr großes Badezimmer hatte, aber es kam ihm plötzlich groß und komfortabel vor.

„Ja, Herr Kommissar, ich weiß, was Sie jetzt denken", sagte Frau Cabrera, „wir sind Vagabunden, Reisende, ohne Ziel und ohne Heimat. Aber glauben Sie mir, wir lieben es, ungebunden zu sein. Wenn wir in einer dieser Wohnungen wären, würden wir verrückt werden. Immer an denselben Ort zurückzukommen, jeden Tag, das ganze Leben, ist eine schreckliche Vorstellung für uns. Und da das viele nicht verstehen, behandeln uns manche Leute wie Aussätzige. Sie haben Angst vor uns. Viele würden wohl gerne einmal mit uns tauschen, trauen sich aber nicht. Vielleicht befürchten sie, es könnte ihnen gefallen und dann würden sie endlich einmal anfangen zu leben, anstatt sich jeden Tag etwas vorzumachen. Sie würden endlich leben. So wie ich das gemacht habe."

Der Kommissar sah Frau Cabrera an und lächelte ein wenig. Sie war eine hübsche Frau, dachte er sich. Es lag also nicht daran, wie man aussah: Wenn das Leben etwas mit einem vorhatte, gab es kein Pardon. Irgendwie, dachte er sich, passte diese Frau nicht in ein Leben wie dieses. Er wurde das Gefühl nicht los, dass es noch etwas anderes gab, warum Frau Cabrera an diesem Leben gefallen fand.

„Das ist sehr schön gesagt, Frau Cabrera, aber nicht immer ganz richtig. Auch wir leben, nur eben anders. Die Menschen sind immer Nomaden gewesen, solange man denken kann. Bis man dann irgendwann einmal eingesehen hat, dass man sesshaft sein muss, um sich zu entwickeln. Als Mensch, meine ich, als Gesellschaft. Es wird immer Leute geben wie Sie, Leute, die Leben darunter verstehen, frei zu sein wie ein Vogel, hinzufliegen, wo man will und wann man will. Das ist eine sehr schöne Vorstellung, leider nur nicht für jeden. Wenn Sie damit glücklich sind, freut mich das. Und ich respektiere es. Das heißt aber nicht, dass wir nicht auch leben. Eben nur anders."

Es entstand eine kleine Pause, in der alle Beteiligten versuchten darüber nachzudenken, was der Kommissar gerade gesagt hatte. Oder besser, was er mit dem sagen wollte, was er gesagt hat.

„Und wo waren Sie, Herr Korbel und Frau …"

Beide hatten bis dahin nur zugehört und nicht ein Wort gesagt.

„Zahn, Maria Zahn. Also ich habe geschlafen, dort drüben, in meinem Wohnwagen."

Dabei zeigte sie mit der Hand auf die Küchenzeile, was vermutlich die Richtung war, in der ihr Wohnwagen stand.

„Ich gehe immer früh schlafen. Kann ja sowieso nicht viel machen. Ich meine, beim Aufbau helfen, o-der so."

„Und ich war auch im Bett. Das heißt, ich habe nicht geschlafen, ich muss immer viel üben, mit den Fingern und so. Wenn Sie wissen, was ich meine. Geschicklichkeit ist Voraussetzung für den Erfolg eines Zauberers, Herr Kommissar. Es ist nicht, was man macht, sondern wie man es macht. Die Leute haben keine Ahnung, wie schwer es ist, sie hinters Licht zu führen, aber wenn es einmal nicht klappt, dann wissen alle, dass es nur ein Trick war. Und dann können Sie den vergessen."

Der Kommissar sah die beiden an, stand auf und sagte zu Armin, dass es Zeit sei, weiterzumachen. Beim Hinausgehen, drehte er sich noch einmal um.

„Wir danken Ihnen für die Auskünfte und werden mit Sicherheit noch einmal auf Sie zurückkommen."

Draußen angekommen, standen sie beide noch etwas vor dem Wagen und sahen sich um.

„Armin, lass uns doch mal den Ablauf rekonstruieren."

Es war ein kalter Wind aufgekommen, der die Wolken vor sich her trieb. Das hielt den Regen davon ab, auf die Erde zu kommen. Langsam, ohne große Eile, ging der Kommissar also in Richtung Zelt, das auch an diesem Morgen verschlossen war. Genauso, wie es wohl auch am Abend des Mordes zugezogen war. Armin folgte ihm und da er wusste, was der Kommissar vorhatte, drückte er auf die Stoppuhrfunktion seiner Uhr. Er wollte festhalten, wie lange man brauchte, um die Wege zu gehen, die Herr Cabrera gegangen war. Am Zelt angekommen, schob der Kommissar die Plane zur Seite, die den Eingang bildete. Dann blieb er stehen, da er sich dachte, dass auch Herr Cabrera stehen geblieben war, angesichts des Körpers, der dort am Boden lag. Dann ging er langsam zur Stelle, an der der Tote gelegen hatte. Die Umrisse des Toten waren noch mit roter Sprühfarbe am Boden gekennzeichnet, also nicht zu verfehlen.

„Wie viel haben wir bis jetzt, Armin?"

„Fast 4 Minuten, Herr Kommissar."

„Dann hat er also den Toten gesehen, hat vielleicht geschaut, ob er noch lebt, und ist dann zu Frau Lautermann gelaufen."

Damit drehte sich der Kommissar um und ging schnellen Schrittes zum Wohnwagen der Chefin. Dort angekommen, wartete er eine Minute und machte sich dann wieder auf den Weg zurück ins Zelt. Wieder am Schauplatz des Geschehens angekommen, fragte er Armin, wie viel Zeit nun vergangen sei.

„Genau 11 Minuten, Herr Kommissar. Zwischen dem Finden des Opfers und der Rückkehr ins Zelt vergingen also genau 7 Minuten."

„Zeit genug, um jemandem etwas aus der Tasche zu nehmen und zu verschwinden. Wo könnte der Täter sich aufgehalten haben?"

Beide, der Kommissar und Armin, sahen sich um. Es war nichts zu sehen, was einem genug Versteckmöglichkeit gab, um nicht gesehen zu werden. Allerdings hatte man den Aufbau des Zeltes weiter vorangetrieben, es waren also andere Verhältnisse, als sie in der Nacht der Tat geherrscht hatten.

„Armin, bitte gehe noch mal zum Herrn Cabrera und bitte ihn, hier ins Zelt zu kommen."

„Mach ich, Herr Kommissar. Bin gleich wieder da."

Der Kommissar setzte sich auf eine der Bänke, die um das Rund der Manege aufgebaut waren. Es roch nach Holz, nach frischer Erde, nach kaltem Schweiß und abgestandenem Bier. All diese Gerüche, dachte sich der Kommissar, woher die wohl kommen? Es riecht immer so im Zirkus, dachte er sich. Und das war auch Teil der Erinnerung, die man an diesen Ort hatte. Den Ort der Begeisterung, des Wunders, der Akrobaten und des Zaubers. Er sah auf den Boden, der vom Regen und den schweren Schuhen der Arbeiter nur noch braun und aufgeweicht war. Das Grün des Grases, so es jemals welches gegeben hatte, war gewichen und in die aufgeweichte Erde hineingetreten. Sie sah verletzt aus, die Erde, als hätte man ihr wehgetan. Sie wird sich wieder erholen, dachte sich der Kommissar. Sobald die Menschen sie für ein paar Wochen in Ruhe lassen, wird sie sich wieder erholt haben.

Armin erschien mit Antonio Cabrera, der langsam hinter ihm ging.

„Es dauerte ein bisschen länger, Herr Kommissar, Herr Cabrera musste sich etwas anziehen."

„Schon gut, Armin. Ich wollte ohnehin für mich alleine sein und ein bisschen nachdenken."

Damit stand der Kommissar von der Bank auf und ging zur Stelle, an der die Umrisse des Toten in die Holzspäne gesprüht waren.

„Kommen Sie doch bitte einmal her, Herr Cabrera."

Antonio Cabrera, der bis dahin am Eingang gestanden hatte, bewegte sich in Richtung Kommissar.

„Wenn Sie sich hier umsehen, ist irgendetwas hier, was gestern nicht hier war? Oder besser, gibt es etwas, was hier war und jetzt nicht mehr zu sehen ist?"

Antonio Cabrera sah sich um. Dachte nach. Ging ein wenig zur Seite, drehte sich im Kreis, sah nach oben.

„Ja, wenn Sie mich so fragen, ja, die ganzen Bänke hier, die standen alle dort neben dem Eingang. Ich nehme an, dass man die alle heute aufgebaut hat."

„Halten Sie es für möglich, dass sich dort jemand verstecken konnte, ohne von Ihnen gesehen worden sein?"

„Mhm, ja, ich denke schon. Jedenfalls habe ich nicht irgendwo jemanden gesucht, da ich nicht dachte, dass jemand hier sei. Ich kann also nicht sagen, dass dort jemand war."

„Gut, Herr Cabrera, nehmen wir also an, dass die Person, die wahrscheinlich auch der Täter ist, sich hinter den Bänken versteckt hat, als Sie das Zelt betreten haben. Dann sind Sie wieder aus dem Zelt gegangen, die Person jedoch hat mit Sicherheit nicht den Haupteingang genommen, um das Zelt zu verlassen. Wie ich sehe, gibt es mehrere Ein- und Ausgänge."

„Ja, den Besuchereingang, dort, gegenüber. Das hier ist der Eingang für die Akrobaten."

Der Kommissar sah sich um und ging auf den besagten Eingang zu. Durch die Öffnung ging er nach draußen und sah, dass er in ein weiteres, kleines Zelt kam.

Armin und Antonio Cabrera folgten ihm.

„Das ist unser Wartebereich, wenn es einmal schlechtes Wetter haben sollte. Dann können sich die Leute hier aufhalten und warten, bis die Vorstellung beginnt. Wenn Aufführungen sind, kann man sich in der Pause hier auch etwas kaufen, zum Trinken und so", meinte Herr Cabrera, der nun neben dem Kommissar stand.

Einige wenige Schritte weiter gab es nochmals eine Plane, die man zur Seite schieben konnte. Diese gab dann endlich den Weg ins Freie preis, in Richtung Parkplatz und Schwanthalerstraße.

Der Platz vor diesem Eingang war geteert, war also Teil des Bereichs, der auf der Theresienwiese die Vierecke begrenzte, auf denen die Schaugeschäfte, die Bierzelte und, wie in diesem Fall, der Zirkus seinen Platz hatte.

„Dort muss er also geparkt haben", sagte der Kommissar mehr zu sich selbst. Armin und Antonio Cabrera standen neben ihm und sahen ihn fragend an.

„Erstens, wird er wohl nicht im Zirkusbereich parken, wo ihn jeder sehen kann, und zweitens, ist das ein Platz, von dem man schnell wegkommt, da man nicht im Morast stecken bleiben kann. Wenn man etwas vorhat, wo man schnell weg muss, wird man sich nicht noch mehr Probleme einhandeln, als man ohnehin schon hat."

„Sie gehen also von einem geplanten Mord aus, Herr Kommissar?"

„Ja, Armin, das denke ich. Das muss jemand gewesen sein, der sich mit den Gewohnheiten des Zirkusdirektors auskannte, der wusste, wann und wo er anzutreffen war, der wusste, wie man in das Zelt kommt, ohne gesehen zu werden, und wie man ungesehen auch wieder verschwinden kann. Außerdem wusste er, dass jemand, der ins Zelt geht, den Artisteneingang nehmen würde. Es war ziemlich unwahrscheinlich, dass jemand von hier kommen würde. Alle Wagen sind nach hinten orientiert, man müsste also ums Zelt herumgehen, um den Haupteingang zu benutzten. Und das ergibt keinen Sinn."

Damit drehte sich der Kommissar um und ging wieder Richtung Manege. Armin und Cabrera folgten ihm in gebührendem Abstand.

„Danke, Herr Cabrera! Wir werden auf Sie zurückkommen, wenn wir noch etwas wissen wollen. Armin, komm, lass uns nach Hause fahren."

Es war wieder kalt geworden. Besonders der Wind machte es kälter, als es vermutlich war. Wie schon am Morgen, hatten Regen, Wind, Wolken und Sonne sich ein abwechselndes Schauspiel gegeben, das den Menschen wohl gefallen sollte. Oder sie in eine gute Stimmung versetzen. Beim Kommissar hatte es nicht geklappt. Er war nicht davon zu überzeugen, dass es gut für ihn war. Langsam gingen sie zum Auto. Der Kommissar blieb plötzlich stehen und dachte nach. Es schien ihm etwas eingefallen zu sein.

Kapitel 14

„Einmal, Armin, da war ich so 10 oder 11 Jahre alt, hab ich hier auf der Wies'n Einzug g'halten."

Dabei deutete Kommissar Wengler mit seinem Arm auf die große Straße, die die Theresienwiese von Nord nach Süd durchschneidet. Die Hauptstraße, an der rechts immer die Bierzelte stehen, wenn Oktoberfest ist und man von der Schwanthalerstraße kommt. Am südwestlichen Ende der Straße steht dann die Ruhmeshalle, die dort Mitte des neunzehnten Jahrhunderts erbaut wurde. Alle wichtigen Personen – jedenfalls die, die für Bayern einmal wichtig gewesen waren – sind dort aufgestellt. Sogar König Ludwig der Erste hat sich dort selbst für die Ewigkeit eingeladen.

Mittlerweile waren der Kommissar und Armin in den Wagen eingestiegen und Richtung Stachus davon gefahren.

„Ich war auf einem Wagen, stand neben einem König und war sein Knappe. Weißt schon, so wie im Mittelalter. Da haben's mir so eine Strumpfhose angezogen, eine grüne, und so eine aufgeblasene Lederhose, wie sie die im Mittelalter getragen haben. Dann hab ich noch so einen komischen Hut aufgehabt, mit einer großen Feder drin."

Wieder begann der Kommissar zu sinnieren. „Angefangen hat das so: Wenn der Heimer Schorsch und ich immer von der Schule heim sind, haben wir durch einen kleinen Wald müssen, in dem ein Schloss stand. Kein richtiges Schloss, nur so ein großes Haus mit vier

Türmen an den Ecken, aber wir haben es immer 'das Schloss' genannt. Für uns war das ein Schloss. Wir haben nie ein richtiges Schloss gesehen bis dahin, aber in den Geschichten, die man erzählte, sahen die immer so aus. Eines Tages dann, kommt doch einer von diesem Schloss raus und auf uns zu. Wir wollten schon wegrennen, weil wir gedacht haben, dass man da nicht sein darf, aber der hat uns nachgerufen, dass wir doch stehenbleiben sollen und so. Der war ganz nett und hat uns dann gefragt, ob wir mal auf einem Wagen in die Wies'n einfahren wollen. Er wär der König und wir seine Knappen. Ja, der Schorsch war ja sofort dabei, der wollte doch immer zum Fernsehen, Schauspieler und so. Also haben wir das gemacht."

Mittlerweile fuhren sie langsam die Schwanthalerstraße hinunter. „Kalt war's auf dem Wagen, das weiß ich noch, saukalt. G'froren hat's mich wie einen Schneider. Und aufgeregt waren wir. Die Leute standen hier an der Straße und haben uns zugejubelt. Na ja, nicht gerade uns, aber halt allen und jedem, die in dem Zug waren. Ich hab mich nicht getraut, mich zu bewegen. Das war unheimlich aufregend. Werd ich nie vergessen."

„Und was ist mit dem Heimer Schorsch? Ist der Schauspieler geworden?"

„Nein, Armin, das ist eine traurige Geschichte. Der Schorsch hatte einen Bruder, Hans hat der g'heißen. Der war viele Jahre älter als der Schorsch und hatte damals schon ein Motorrad. Eines Tages dann hat ihn ein Lastwagen erwischt und ihn tot gefahren, den Hans, meine ich. Auf dem Motorrad. Das hat der Schorsch nicht verkraftet, da er doch so an seinem

Bruder gehangen hat. Er war sein großes Vorbild, sein Held, sein Alles, da der Vater nach dem Krieg früh gestorben war. Irgendwie war er sein Vaterersatz. Und eines nachts dann, hat sich der Schorsch am Fensterkreuz in seinem Zimmer aufgehängt."

Armin sah den Kommissar an, der sichtlich bewegt war, auch nach so langer Zeit.

„Ist lange her, Armin. Er war mein bester Freund, damals. Hab nie mehr so einen Freund gehabt wie ihn. Hab lange gebraucht, um das zu verarbeiten. Und oft denk ich heut noch dran, wenn ich jemanden sehe, der mich an den Schorsch erinnert."

Es entstand eine Pause, in der keiner was sagte. Es gibt nichts zu sagen, wenn die Traurigkeit die Zeit übernimmt. Nur wenn sie wieder loslässt, diese Traurigkeit, geht das Leben weiter.

„Lass mich am Stachus raus, Armin. Ich geh noch ins Augustiner."

Es war schon früher Nachmittag und es lohne nicht, meinte der Kommissar, noch ins Büro zu fahren. Außerdem müsse er etwas essen. Und sich aufwärmen. Mit Starkbier.

Der Brunnen am Stachus war vom Winter noch mit Holz verschalt. Arbeiter waren gerade dabei, die Verschalung abzunehmen. Das bedeutete, dass es Sommer werden konnte, hier in München. Als er durchs Karlstor ging, dachte der Kommissar an die Geschichte von Karl Valentin, die Geschichte über den Münchener Brunnenaufdreher. Der einzige Beamte der Stadt – oder vielleicht auch nicht der einzige – der

nur zwei Tage im Jahr arbeitete: einen Tag im Frühjahr, um alle Brunnen aufzudrehen, und einen im
Herbst, um alle wieder zuzudrehen.

Kapitel 15

Es war Donnerstag geworden. Armin Staller war schon früh ins Büro gefahren, da er die Personalien aller derer, die am Tattag im Zirkus gearbeitet hatten, feststellen und überprüfen wollte. Am späten Morgen kam der Kommissar. Da sich das Wetter nicht verändert hatte, kam er mit seiner dicken Jacke, die er immer trug, wenn der Tag nicht gut zu werden versprach. Sollte es wider Erwarten doch besser werden, hatte er einen leichten Janker, eine leichte Lodenjacke, im Schrank, den er dann anzog.

„Bin bald mit allen durch, Herr Kommissar. Keine Auffälligkeiten bisher. Ganz normale Leute, meistens Ausländer, die keinen offiziellen Wohnsitz hier haben. Ich hab mit dem gesprochen, der die jeden Tag einteilt, und der hat mir gesagt, dass er alle Papiere immer überprüft und wenn jemand gefälschte Papiere habe, könne er doch nichts dafür."

„Niemand kann immer für nichts, Armin, alle sind unschuldig. Immer."

„Er hat gemeint, wenn man die reinlässt, ist das nicht seine Aufgabe, das infrage zu stellen."

„Und ich nehme an, dass die Leute sowieso weg sind."

„Die meisten ja, oder die Namen existieren nicht. Keiner scheint seinen richtigen Namen anzugeben, wenn er hier ist."

Der Kommissar hatte auf seinem Stuhl Platz genommen, sich seine Zeitung aufgeschlagen und Armin damit mitgeteilt, dass er jetzt seine Ruhe brauche.

„Bevor Sie anfangen zu lesen, Herr Kommissar, ich hab mir gedacht, wenn da was in der Tasche war, kann das doch wahrscheinlich nur ein Brief oder so was gewesen sein."

Der Kommissar schlug die zweite Seite seiner Süddeutschen auf und faltete die Zeitung der Länge nach so zusammen, dass er sie als eine Seite lesen konnte. Dann faltete er sie nochmals in der Mitte und legte sie auf seinen sonst total aufgeräumten Schreibtisch. Er verschränkte seine Arme, lehnte sich in seinem Stuhl zurück und sah Armin eindringlich an.

„Und was bringt dich zu der Annahme, dass es nur ein Brief gewesen sein kann? Es könnte auch ein Bild gewesen sein, ein Telefon, ein Kugelschreiber oder irgendetwas, was in eine Tasche passt."

„Ja, ich glaube, Sie haben recht, Herr Kommissar. Was denken Sie, war es?"

„Ich weiß es nicht, und wir werden es nur wissen, wenn wir den Fall gelöst haben. Aber wenn wir einmal davon ausgehen, dass es ein Brief war, sollten wir damit einfach mal anfangen."

Der Kommissar nahm sich wieder seine Zeitung vor und fing an zu lesen. Nach kurzer Zeit sah er von seiner Lektüre auf und fragte: „Woher bekommen Leute wie die vom Zirkus eigentlich ihre Post, Armin?"

„Gute Frage, Herr Kommissar. Wie ich mal längere Zeit in der Türkei war, vor vielen Jahren …"

„In deiner Sturm- und Drang-Zeit …"

„Ja, genau in der. Wie ich also da in der Türkei war, hab ich mir die Post immer aufs Hauptpostamt in Istanbul schicken lassen. Meine Mutter hat das einmal die Woche für mich gemacht, ich meine, die Post dorthin geschickt, und ich bin einmal die Woche hin und hab alles abgeholt."

„Dann gehen wir doch mal aufs Hauptpostamt und fragen, ob jemand für den Zirkus Tropkow Post abgeholt hat."

Es dauerte nur eine halbe Stunde und sie waren am Hauptpostamt am Hauptbahnhof. 'Postlagernde Sendungen' stand auf einem Schild über einem Schalter, an dem ein missmutig gelaunter Mittfünfziger saß. Jeder, der wissen wollte, ob nun Post für ihn hinterlegt worden war, wurde mit einem Gesicht begrüßt, das keinen Zweifel aufkommen ließ. Er war nicht guter Laune und würde es nie sein. Schon überhaupt nicht wegen ein paar Briefen.

„Name?"

„Wengler, Herbert Wengler und das ist mein Kollege Armin Stadler."

„Ausweis."

Kommissar Wengler und Armin zeigten ihm ihre Dienstausweise.

„Aha, Polizei. Habt's ihr jetzt keine Adresse mehr? Müsst's die Post jetzt schon hier abholen?"

„Name?"

Der Kommissar versuchte mindestens so freundlich zu sein wie der Beamte am Schalter.

„Bergmoser, Anton."

Diesmal kam es etwas leiser und demütiger.

„Ausweis."

„Jetzt habt's euch doch net so."

„Ausweis, hab ich gesagt."

„Ja, ja, schon gut."

Damit zog Anton Bergmoser seine Brieftasche aus seiner Jacke, die über dem Stuhl hing, kramte nach einem Ausweis und zeigte ihn dem Herrn Kommissar.

„Und jetzt fragen wir und Sie antworten. Wir müssen wissen, wer letzten Montag hier Post abgeholt hat."

„Ja, das weiß ich nicht, ob ich das sagen darf. Briefgeheimnis und so, wissen's eh."

„Gut, dann machen wir hier a'mal den Schalter zu und holen uns den Filialleiter, Herr Bergmoser. Auf geht's, Bewegung."

Es war nicht einfach für Anton Bergmoser, sich aus seinem Stuhl zu schälen. Er brachte gut und gerne an die 160 Kilo auf die Wage. Sein schwammiges, dickes Gesicht, das schon seit mehreren Minuten rot angelaufen war, fing nun an, die Farbe einer überreifen Tomate anzunehmen. Auch lief ihm das Wasser in kleinen Bächen über die Wangen und sammelte sich an seinem Hemdkragen, der den Hals fast unerträglich einschnürte. Irgendwie tat es dem Kommissar ein bisschen leid, dass er ihn so hart angefasst hatte, aber manchmal half eben nur, wenn man sich den nötigen Respekt verschaffte.

Anton Bergmoser ließ das Rollo hinunter, was bedeuten sollte, dass der Schalter bis auf Weiteres geschlossen war.

Während das Rollo sich langsam senkte, sagte er, ein wenig verstimmt: "Ich hol ihn ja schon."

Die Leute hinter dem Kommissar und Armin waren davon nicht sehr angetan. Jedenfalls bekam man diesen Eindruck vom Ausdruck der Gesichter. Und von den, wenn auch meist unverständlichen, Kommentaren. Manchmal muss man nicht verstehen, was die Leute sagen, um zu verstehen, was sie sagen.

Nach nicht einmal zwei Minuten öffnete sich eine Tür neben dem Schalter und ein Mann in grauer Uniform, gepflegtem Aussehen und scheinbar guten Manieren erschien.

„Was können denn wir für Sie tun, meine Herren? Franz Körber, ich bin der Filialleiter hier. Verzeihen Sie bitte die etwas grobe Art unseres Mitarbeiters. Normalerweise ist er sehr nett und freundlich, aber heute ist einfach die Hölle los. Das macht es sogar für den freundlichsten Menschen manchmal ein bisschen schwierig. Kommen Sie doch bitte mit."

An Anton Bergmoser, der neben ihm stand und nach Luft rang, gerichtet, und kaum verständlich für den Kommissar, sagte er noch:

„Und du Depp gehst jetzt wieder an deinen Schalter. Und wenn'st noch einmal so einen Mist baust, kommst in Innendienst und kannst Post sortieren bis zur Rente. Jetz' schau dass'd weiter kommst."

Damit lächelte der Filialleiter die beiden Kommissare an, die darauf warteten, eingelassen zu werden.

Vorbei an scheinbar endlos aufgereihten Wagen aus Sackleinen ging man in das Büro des Filialleiters, setzte sich auf die unbequemen Stühle vor einen grauen Schreibtisch aus Blech und wartete, was da kommen sollte.

'Die haben auch keine besseren Möbel als wir', dachte sich der Kommissar und schmunzelte ein bisschen.

„Viel zu tun heute, meine Herren. Sie sehen ja selber, immer kommen mehr Wagen von diesem Zeug und wir haben nicht einmal mehr die Hälfte von dem Personal, das wir brauchen. Und jeder will seine Post immer gleich haben. Jeder denkt, nur sein Brief sei der wichtigste der Welt."

„Wir wissen, wie schwer es die Post hat, Herr…?"

„Körber, Franz Körber."

„Ach ja, Herr Körber. Wir haben nur eine Frage: Gibt es eine Möglichkeit festzustellen, wer und wann einen Brief, oder eine Postsendung, abgeholt hat?"

„Die gibt es sehr wohl, da wir jeden Brief im Computer einlesen und wenn der Betreffende seine Sendung abgeholt hat, vermerken wir das. Mit Kopie vom Ausweis und so. Da sind wir sehr penibel. Nicht, dass uns jemand nachsagen kann, wir geben die Post den falschen Leuten. Und wenn sich jemand nicht ausweisen…"

„Herr Körber, wir können uns vorstellen, wie gut alles organisiert ist."

Der Kommissar musste unterbrechen, da er den berechtigten Verdacht hatte, dass Herr Körber zu einem Vortrag über die Effizienz und Zuverlässigkeit der Deutschen Post AG anhob. Und das zu hören, war er nicht gekommen und auch nicht willens.

Etwas verstimmt fuhr Herr Körber fort.

„Also, nun gut. Um wen handelt es sich? Ich kann hier im Computer nachsehen, ob die Person etwas abgeholt hat."

„Es war ein gewisser Herr Karl Lautermann. Er müsste entweder am letzten Sonntag oder Montag hier gewesen sein."

„Sonntag sind die Abholschalter geschlossen. Nur die Geldschalter sind offen. Muss also am Montag gewesen sein."

Herr Körber sah angestrengt auf seinen Bildschirm, der vom Platz des Kommissars und Armin nicht einsehbar war. Er hackte wie wild auf seine Tastatur, drückte 'Enter' und lehnte sich zufrieden zurück. Er wollte seinen Sieg über die Technik scheinbar ein wenig genießen, da er keine Anstalten machte, etwas zu sagen.

„Und?", meinte der Kommissar schließlich.

Herr Körber sah den Kommissar und danach Armin an und sagte:

„Hier haben wir ihn. Er war um 11.32 Uhr am Schalter und hat ein kleines Paket abgeholt."

„Ein Paket?"

„Ja, nicht richtig ein Paket, mehr eine kleine Schachtel, so groß wie eine CD."

„Und das können Sie alles am Computer sehen?", fragte Armin.

Herr Körber sah ihn an und sagte:

„Ja, Herr Kommissar, das können wir alles sehen. Es gibt einen Code für alle möglichen Umschläge und Pakete, damit wir nicht im Brieffach suchen, wenn es ein Paket ist. Und der Code sagt mir, dass es eine CD-Schachtel war. Wie ich schon anfangs ausgeführt habe, sind wir…"

„Ja, Herr Körber, sehr effizient. Können Sie auch feststellen, wer der Absender war?"

Wieder sah Herr Körber konsterniert aus. Zum zweiten Mal hatte man es ihm verwehrt, für die Deutsche Post AG ein gutes Wort einzulegen. Der Ruf war nicht gerade sehr vorteilhaft, also hatte er es sich zur Aufgabe gesetzt, dem ein wenig nachzuhelfen. In den Manager-Lehrgängen hatte man alle oberen Angestellten dazu aufgerufen, diesen Ruf zu verbessern. Wann immer es möglich war.

„In diesem Fall gab es keinen Absender. Wir wissen, dass die Sendung in Düsseldorf aufgegeben wurde, nach Solingen geschickt und von dort nach München, gemäß eines Nachsendeantrags von Herrn Lautermann. Wenn man einen Nachsendeantrag stellt, werden die Sachen, in dem Zeitraum…"

„Herr Körber, danke, aber die Einzelheiten interessieren uns hier nicht. Wir wollten nur wissen, ob und was Herr Lautermann abgeholt hat. War noch mehr Post für Herrn Lautermann da? Ich meine, außer dieser Kassettenschachtel?"

„Nein, nichts sonst."

Armin sah den Kommissar an.

„Nicht Kassette, Herr Kommissar, CD. Kassetten hatte man in den achtziger Jahren. Heute hat man CDs, Sticks und solche Sachen."

„Danke, Armin, dass du mich daran erinnerst, wie wenig ich von solchen Sachen verstehe. Aber dafür haben wir ja dich."

Es war etwas spitz gesagt. Vielleicht ein wenig zu spitz, aber der Kommissar konnte einfach nichts machen. Es war nicht mehr seine Zeit, auch wenn er sich irgendwie immer damit arrangieren konnte.

„Herr Körber", fragte Armin, „können Sie von dem, was Sie da am Bildschirm haben, bitte einen Ausdruck machen? Als Beleg."

Ohne ein Wort zu sagen, drückte Herr Körber einen Knopf, drehte seinen Stuhl um 180 Grad, fasste an den Drucker, der dort auf einem kleinen, grauen Metalltisch, farblich elegant zum Schreibtisch passend, stand, und entnahm einen Bogen Papier, den er Armin, wieder ohne Kommentar, übergab.

„Vielen Dank, Herr Körber!", sagte der Kommissar. „Ich glaube, wir haben dann alles, was wir brauchen."

Damit standen beide von ihren Stühlen auf, die es gerade noch geschafft zu haben schienen, nicht zusammenzubrechen. Jedenfalls ließ das Geräusch, das die Stühle machten, als sie aufstanden, nichts Gutes für deren Zukunft ahnen.

Herr Körber war sichtlich beleidigt. Es war ihm nicht vergönnt gewesen, den beiden Herren seine Begeisterung für seinen Beruf und Arbeitgeber zu vermitteln. Er hatte es mehrfach versucht. Ohne Erfolg.

Es gab immer jemanden, der ihm gerne zuhörte, diese beiden Herren jedoch schienen nicht zu diesem Kreis zu gehören. Und das konnte er nicht verstehen.

„Auf Wiedersehen, Herr Körber!", sagte der Kommissar. „Wir finden den Weg alleine. Und vielen Dank nochmals für Ihre Hilfe."

„Auf Wiedersehen", sagte auch Armin.

Dann setzten sich beide Kommissare in Bewegung, um den Raum zu verlassen. Im Warteraum angekommen, hörten sie, wie Anton Bergmoser sich mit einem Chinesen unterhielt, der kein Wort Deutsch zu sprechen schien.

„Jetz kommt's ihr daher und könnt's kein Wort Deutsch nicht und verlangt's, dass wir euer Chinesisch sprechen. Ja habt's denn noch alle? Ja geht's denn noch? Wenn'st an Brief willst, Freunderl, dann musst mir schon sagen, wie'st heißt. Und nicht auf Chinesisch, gell, weil wir hier nicht in China sind. Nein, Bürscherl, sind wir nicht. Das hier ist Bayern, der Freistaat Bayern. In Deutschland."

Der Chinese, der sichtlich nicht ein Wort verstanden hatte, sah Anton Bergmoser an und sagte etwas Unverständliches, was aber, dem Ausdruck in seinem Gesicht nach, sicher nichts Nettes gewesen sein konnte. Dann drehte er sich um und verließ eiligst den Schalterbreich. Sichtlich zufrieden, diesen Kunden entsprechend seiner Herkunft behandelt zu haben, rief Anton Bergmoser durch den Saal: „Der Nächste, bitte."

Kapitel 16

Sie fuhren wieder ins Büro.

„Eine CD also", meinte der Kommissar, als sie unterwegs waren, die Bayerstraße hoch, über den Stachus wieder in die Ettstraße.

„Auf einer CD kann alles drauf sein, Herr Kommissar, Bilder, Text, Musik, Filme, was immer man speichern kann."

„Dann müssen wir die CD finden, damit wir wissen, was so wichtig war, dass jemand dafür sterben musste."

Nur wie man diese CD finden konnte, war beiden noch nicht klar.

„Wenn wir die haben, Herr Kommissar, haben wir auch den Täter."

„So ist es, Armin. So ist es. Das wollen wir wenigsten hoffen."

Es lag eine Nachricht auf dem Tisch von Armin Stadler. Jemand aus Augsburg habe angerufen. Er solle doch bitte zurückrufen. Eine Nummer war notiert.

„Das war die Werkstatt, in der der Wagen von dem Herrn Merz repariert wurde. Ich hab da mal angerufen und gefragt, ob das alles seine Richtigkeit hat, aber keiner wusste etwas. Jetzt haben die vielleicht was."

„Dann ruf doch mal an."

„Hallo, Armin Stadler, Mordkommission München, jemand hat hier angerufen und wollte mit uns sprechen."

„Ja, einen Moment, ich geb Ihnen den Chef. Hat eh g'sagt, dass ich ihn holen soll, wenn Sie anrufen."

Eine Pause entstand, in der man Geräusche im Hintergrund hören konnte, Geräusche, die allem Anschein nach aus einer Werkstatt stammten. Metallische Geräusche. Und das Geplärre aus verschiedenen Radios, jedes ein anderer Sender. Die Frau, die das Telefon abgenommen hatte, versuchte, all dies mehr oder weniger erfolglos zu überschreien.

„Jetz' komm doch a'mal her, du Simpel, da is' die Polizei. Die wollen mit dir reden."

„Komm ja schon."

Die Stimme klang noch weit weg, aber an den Schritten hörte man, dass sich jemand dem Telefon näherte.

„Ja, Hammerl, was is?"

„Grüß Gott, Herr Hammerl, Armin Stadler, Kriminalpolizei München. Sie wollten uns was erzählen. Ich hab heut Früh angerufen, um zu fragen, ob ein gewisser Herr Merz am letzten Montag bei Ihnen sein Auto hat reparieren lassen."

„Merz, Merz ... lassen's mich mal nachdenken. War des der vom Zirkus?"

„Ja, genau der."

„Ja, der war hier, weil sein Auto nicht mehr ang'sprungen is, hat er g'meint, aber wie ich dann mit ihm dahin kommen bin, hab ich g'sehen, dass des nur des Verteilerkabel war, was runter war. Verstehn's schon, des fällt nicht so einfach runter, des Kabel, wenn's wissen, was ich mein. Da muss jemand schon ganz schön ziehen, damit des weggeht. Und des wollt ich Ihnen sagen, weil mir des so komisch vorkommen is'. Repariert hab ich eigentlich nichts, hab nur des Kabel wieder eing'steckt und des war's. Dann is er wieder ang'sprungen. Der Bus, mein ich."

„Danke, Herr Hammerl! Das hilft uns sehr weiter."

„Keine Ursache, gern g'schehn."

Und damit war für Herrn Hammerl das Gespräch beendet. Er sah scheinbar keinen Grund, es länger als nötig hinauszuziehen. Es machte klick. Und all die Geräusche unbändigen Lebens waren vergangen. Es war still, wie auf einer Beerdigung.

Etwas verdutzt legte auch Armin den Hörer aufs Telefon.

„Irgendwas stimmt da nicht, Herr Kommissar. Der von der Werkstatt sagt, dass das Auto von dem Merz in Wirklichkeit nicht kaputt war, sondern jemand nur einen Stecker oder so was abgezogen hat, damit der nicht mehr anspringt."

Der Kommissar machte sich nicht die Mühe, von seiner Lektüre der Süddeutschen aufzublicken.

„Und, was ist daran so interessant?"

„Herr Kommissar, das heißt doch, dass die ganze Geschichte vom kaputten Auto entweder absichtlich vom Merz so initiiert worden war oder jemand anderer verhindern wollte, dass der Merz am Montag nach München fährt."

Der Kommissar legte die Zeitung auf den Schreibtisch und sah Armin an.

„Gut recherchiert, Armin. Ja, das heißt wohl, dass da eine Verbindung sein muss, zwischen dem Mord und dem Merz. Haben wir denn inzwischen herausgefunden, wo der gewohnt hat, bevor er zur Fremdenlegion ging, wie er uns erzählt hat?"

„Nein, nichts, keine Spur."

„Dann frag doch mal unsere Kollegen in Österreich und in der Schweiz. Scheinbar ist er ja Deutscher, jedenfalls der Sprache und dem Namen nach. Vielleicht haben die was."

„Gute Idee, Herr Kommissar, mach ich."

Damit widmete sich der Kommissar wieder seiner geliebten Zeitung und Armin sich dem Computer. Es würde mehrere Tage kosten, bis sie ihre Kollegen im Ausland dazu brachten, etwas zu tun. Aber nicht Armin. Er hatte schon zu viel Zeit mit solchen Sachen verloren und sich deshalb ein paar Leute in den Ämtern ausgesucht, mit denen er direkt kommunizieren konnte.

Kapitel 17

Den Waldmeiler Rudi, der bei der Kripo in Wien arbeitete, hat er einmal auf einer internationalen Konferenz in Bad Kreuth kennengelernt. Man war beim Kegeln am Abend, nach den Vorträgen über die 'Internationalen Beziehungen innerhalb und außerhalb des europäischen Kriminalbezirks' ins Gespräch gekommen und hatte ein paar Bier miteinander getrunken. Ein paar Bier ist vielleicht nicht ganz die Wahrheit. Der Rudi hatte einige zu viel, da er das erste Mal aus seinem Büro in die internationale Atmosphäre des Kriminalistischen eingedrungen war, was ihm auf einmal einfach ein wenig zu viel wurde. Armin musste ihn dann nach dem Kegelabend und der folgenden Kneipentour nach Hause bringen, da Rudi weder wusste, wer er war, wo er war und wo er hin musste. Am nächsten Morgen holte Armin ihn sogar noch aus dem Bett, damit er den nächsten Vortrag in der Reihe der kriminalwissenschaftlichen Beziehungen nicht verpasste. Was er ihm bis heute dankte, der Rudi, da sonst sein Chef in Wien 'ausgerastet' wäre, wie sich Rudi Waldmeiler ausdrückte. Und das hatte Armin verhindert. Und damit auch einen Riss in seiner Karrieretafel.

„Rudi, wie geht's denn altes Haus?"

„Ja, der Armin, jetz' is' aber alles aus. Was is' denn mit dir? Ich hab g'meint, du kommst a'mal nach Wien und wir können so richtig die Sau raus lassen."

„Zu viele Tote hier in München, weißt eh. Aber hör mal zu. Wir haben hier einen, der sagt, der war bei der

Fremdenlegion. Der hat nie einen Wohnsitz gehabt hier in Deutschland, jedenfalls finden wir keinen. Da haben wir uns gedacht, dass der vielleicht bei euch daheim war. Kannst du einmal nachschauen für mich? Auf dem kurzen Dienstweg, meine ich. Weißt ja, wie lang das dauert, wenn ich da eine offizielle Anfrage los lasse."

„Ist ja überhaupt kein Problem nicht, Armin. Mach ich doch gern. Weißt ja, wie ich dir dankbar bin, immer noch, wegen damals, wie'st mich rausg'holt hast aus dem Sumpf. Mei, mei, mei, war ich b'soffen."

„Also ich schick dir dann die Daten per E-Mail. Wenn du mir dann bitte nur schreibst, was du herausgefunden hast."

„Eh klar. Und komm a'mal nach Wien. Da gibt's auch saubere Madel, da wirst dich umschauen! Nicht nur in Bad Kreuth."

„Du weißt doch gar nicht mehr, wie die ausgeschaut haben, Rudi. So voll wie du warst."

„Ja, stimmt auch wieder. Vielleicht war des ja auch gut so. Ich mein, dass ich mich nicht mehr so genau erinnern kann. Wer weiß, was des für welche waren. In der Früh sieht die Welt oft immer so wirklich aus, wenn'st weißt, was ich mein. Wenn die Lichter aus sind, is' alles so romantisch und wenn'st dann aufwachst, kriegst eine mit dem Hammer über'n Schädel, dass nur so rauscht. Des is' dann die Wirklichkeit, die dir über den Kopf haut. Dann schaust auf'd Seiten, siehst, wer da liegt und erschrickst. Dann haut's dich erst recht um. Kannst nur froh sein, dass'd flach liegst. Und dann wünschst dir manchmal, tot zu sein. Also is' es mit Sicherheit besser, wenn man nicht alles mitbekommt."

„In diesem Sinne, Rudi, mach's gut. Und danke, werd mich schon einmal revanchieren."

Damit war das erfrischende Gespräch mit dem Ausland beendet. Obwohl Österreich ja nicht unbedingt als Ausland gelten kann. Nicht in Bayern. Immerhin gehörte Bayern immer wieder einmal für viele Jahre zum Kaisertum Österreich. Das war die Zeit, als Österreich noch eine Weltmacht war. Auch wenn das auch schon eine Weile her war. Vergessen hat man das nicht. Jedenfalls nicht in Bayern. Und schon gar nicht in Österreich.

Armin schickte per E-Mail die Daten von Roman Merz nach Wien. Dann rief er in der Schweiz an, nur um sicher zu gehen, obwohl er sich nicht vorstellen konnte, dass es dort eine Verbindung gab.

Doris Schmezler war eine Kollegin aus Zürich. Sie war viele Jahre älter als Armin, hatte aber irgendwie ein Auge auf ihn geworfen. Es war in Konstanz, wieder auf einem dieser Fortbildungskurse, diesmal war das Thema 'Unterschiede zwischen dem deutschen und schweizerischen Recht, besonders in Bezug auf Straftaten in den jeweiligen Ländern'. Ein ungemein interessantes und spannendes Thema, wie Armin sich erinnern konnte, als er daran dachte, Doris anzurufen. Er brauchte literweise Kaffee, um seine Augen offen zu halten. Besonders der Referent, ein Diplomkriminologe, Dr. Ganz, war wie geschaffen, Vorträge zu halten. Seine monotone Stimme, sein schlaffes Auftreten und die Tatsache, dass seine Rede nie zu den Bildern passte, die er verzweifelt an die Wand warf, musste zwangsläufig dazu führen, einzuschlafen. Doris Schmezler saß immer neben Armin. Wie durch Zufall. Oder auch nicht. Sie stieß ihn dann immer sanft an und lächelte süffisant. In der Pause legte sie dann los. Armin bekam den Mund nicht auf. Von ihrem Haus erzählte sie, dass sie eigentlich nicht arbeiten müsse, da sie gut geerbt hatte, dass sie viel lieber die Welt sehen wolle, und vieles mehr. Sie bräuchte nur jemanden, der mitmacht. 'Die Welt sehen, Armin, hinfahren, wohin man will, einfach so.' Das erzählte sie ihm, jedes Mal, wenn sie sich im Gang trafen, in dem das Buffet mit Leberwurstbroten, trockenen Radieschen und weichem Blumenkohl auslag. Zur gemeinsamen Freude der Seminarteilnehmer.

„Rufst jetz' deine Freundin in der Schweiz an, Armin? Die, die dich immer um die Welt mitnehmen will?"

„Herr Kommissar, wenn Sie mich deswegen immer tratzen, fahr ich ganz einfach mit der Doris um die Welt. Ich werde es ihr jetzt sagen, wenn sie mich wieder darauf anspricht. Dann müssen Sie sehen, wie Sie mit den Fällen hier in München fertig werden. Dann haben sie den Salat."

„Nein, bitte nicht, allein die Vorstellung, ohne dich zu arbeiten, lässt es kalt über meinen Rücken laufen. Und all die Bösen, wenn die erfahren, der Armin ist nicht mehr da, ja, da kommen sie dann alle raus aus ihren Löchern."

Der Kommissar konnte sich eines Grinsens nicht erwehren. Er hatte sogar für wenige Minuten die Zeitung auf den Tisch gelegt, um das Thema mit Armin zu diskutieren.

„Lass gut sein, Armin, alles, was du brauchst und je brauchen wirst, find'st hier in München. Und sogar noch mehr. Oder hat's vielleicht einen Biergarten in Tokio? Oder Weißwürst in New York? Oder saure Lunge in Singapur? Nein, hat es nicht. Obwohl, wenn ich so nachdenk', die saure Lunge in Singapur wär schon nicht so abwegig. Was die alles essen, da in China. Hühnerfüße. Hast du des g'wusst? Die essen Hühnerfüße. In einer roten Soße."

Der Kommissar schüttelte den Kopf, nahm sich seine Zeitung wieder vor und dachte sichtlich nach, ob die Chinesen wohl auch saure Lunge aßen.

„Ja, Doris, schönen Tag auch…"

„Nein, der Armin! Was für eine Überraschung! Hast du dir das überlegt mit uns. Bist jetzt endlich darauf gekommen, was wichtig ist im Leben. Andere Kulturen, andere Menschen, andere…"

„Halt, halt, Doris! Meine Meinung hat sich nicht geändert. Ich bin eigentlich ganz happy, wo ich bin. Aber der Hauptgrund ist, wie ich dir schon gesagt habe, ich kann doch meinen Chef nicht alleine lassen."

Kommissar Wengler sah von seiner Zeitung auf und schmunzelte.

„Ja, wahrscheinlich hast recht. Ich bin ja auch nur noch da, weil sonst alles zusammenbrechen würde. Also, was hast auf dem Herzen?"

„Hör zu, wir haben da einen in München, von dem wir nicht wissen, wo er herkommt. Muss nichts sein, aber irgendwie ist das komisch. Er sagt, er war in der

Fremdenlegion. Wir können ihn im System nicht finden, er war scheinbar nie in Deutschland gemeldet. Da haben wir uns gedacht, dass er vielleicht bei euch drüben wohnhaft war. Ich schick dir die Daten, und wenn du doch bitte so nett wärest, mal in euer System reinzuschauen...?"

„Armin, das mach ich für dich. Unter einer Bedingung. Dass du mir versprichst, irgendwann mal mit mir um die Welt zu fahren."

„Doris, du weißt doch..."

Dabei verzog er sein Gesicht, als hätte er auf eine Zitrone gebissen.

„Ach ja, alle Männer sind gleich. Wollen immer nur die unreifen Früchte. Und wenn's ihnen dann davon schlecht wird, wundern sie sich auch noch. Ich mach's trotzdem, Armin, weil ich dich einfach mag. Ich schau mal nach. Und vielleicht überlegst du es dir ja doch noch."

„Dank dir, Doris, danke!"

Erleichtert legte Armin den Hörer auf.

„Das hast wieder gut hinbekommen, Armin, Respekt, Respekt. Bei der hast wirklich an Stein im Brett."

„Oder ich hab an Stein im Schuh, wie man's nimmt, Herr Kommissar. Aber was tut man nicht alles für den bayerischen Staat und dessen Wohlergehen."

Kapitel 18

Es war Freitag geworden. Der Kommissar hatte bereits, in Erwartung des Frühlings, seine Gamaschen in einer Schachtel im Keller verstaut. Dann hat er seine zweifarbigen Schuhe, braunes Leder und beiger Stoff, angezogen, die er sich im letzten Jahr noch im Sommerschlussverkauf angeschafft hatte. Sie waren besonders preiswert gewesen, fast nur ein Viertel vom Originalpreis. Er hatte schon immer solche Schuhe haben wollen, warum, wusste er nicht. In alten Filmen aus den zwanziger Jahren trugen alle solche Schuhe. Zwar waren die zwanziger Jahre schon lange weit weg, aber Moden kommen immer wieder, dachte er sich. Und irgendwie sah er sich als Vorreiter dieses Wiederkommens. Es war wie ein Drang, als er sie im Schaufenster sah. Sie passten zu keinem seiner Kleidungsstücke und er hatte auch nicht vor, sich passende Kleidung dazu zu kaufen. Irgendwie passte nichts zu seiner Kleidung, wenn man es richtig betrachtete. 'Wird schon keinem auffallen', meinte er zu sich selbst. Sie waren zu schön, um sie jemand anderem zu überlassen.

Nun zog er sie das erste Mal an. Und es regnete wie aus Kübeln. Als er am Morgen die Vorhänge an seinem Fenster im Schlafzimmer aufgezogen hatte, sah er nur blauen Himmel. Man muss dazu sagen, dass sein Schlafzimmer zum Hinterhof hinausgeht und der Himmel, den er von dort aus sehen konnte, nicht größer war als vielleicht 10 Quadratmeter. Maximal. Also war die Vorhersage, die man aufgrund dieses Eindrucks machen konnte, räumlich sehr beschränkt. Das einzige, was man mit Sicherheit sagen konnte, war, dass im Hinterhof die Sonne schien. Die weitaus attraktivere Aussicht blieb den Wohnzimmerfenstern vorbehalten. Man hatte, neben einer größeren Himmelsfläche, auch einen guten Blick auf die Straßenbahn, die Lastwagen und städtischen Busse, die unentwegt darunter vorbei donnerten.

Die Sonne im Hinterhof war also das Entscheidungskriterium dafür gewesen, seine neuen Schuhe anzuziehen. Vielleicht hatte ihn auch ein wenig die Hoffnung auf den Frühling dazu animiert, ganz einfach an den blauen Himmel zu glauben. Er wollte eben seine neuen Schuhe ausprobieren. Und da gab es keinen Grund, weiter um sich herum zu sehen, als eben im vorhandenen Sichtkreis. Dem Gesichtskreis des Schlafzimmerfensters. Nun ging er von der U-Bahn zum Büro und seine Füße waren so nass, als wäre er den ganzen Morgen in einem Kübel Wasser gestanden. Der Stoff, der die meiste Fläche des Schuhs einnahm und luftdurchlässig war, ließ das Wasser eindringen wie durch ein Sieb.

'Vielleicht sind das ja doch Sommerschuhe', dachte Kommissar Wengler sich, als er das Gebäude betrat und ein paar Mal kräftig auftrat, um das Schlimmste an Wasser aus den Schuhen zu bekommen. Bei jedem Schritt saugte sich der Fuß fester in den Schuh, was durch ein schmatzendes Geräusch für jeden, der neben ihm ging, deutlich hörbar war.

„Schöne Schuh hast, Herbert, hast' die g'erbt?", sagte einer.

Oder: „Jetzt brauchst nur noch an hellen Anzug, dann schaust aus wie der Gatsby. Fast jedenfalls."

Oder: „Hast da auch an passenden Hut zu deine neuen Schuh? Ich mein, so einen aus Stroh."

Er ignorierte Kommentare wie diese, wie er alles, was seine Kleidung und seinen Stil betraf, ganz einfach überhörte. Schon lange. Im Büro angekommen, sah Armin von seinem Computer auf und Wenglers Schuhe an.

„Armin, wenn'st weiterhin hier mit mir arbeiten willst, sagst nichts."

Armin verbiss sich also den Kommentar, den er auf der Zunge hatte. Er ließ den Kommissar erst einmal auf seinem Stuhl Platz nehmen, nachdem dieser seine Winterjacke schwungvoll auf dem Kleiderständer arrangiert hatte.

„Wir haben eine E-Mail aus Wien."

Es kam keine Reaktion vom Kommissar. Er war noch damit beschäftigt, den Schaden an seinen Schuhen festzustellen, den das Sauwetter draußen verursacht hatte. Armin kannte den Kommissar. Er wusste, dass er zuhören würde, auch wenn er mit etwas anderem beschäftigt war. Also fuhr er fort.

„Es gibt einen Roman Merz in Österreich. In Linz, um genau zu sein. Und er hat sich dort nicht abgemeldet, also wohnt er noch offiziell dort. Der Waldmeiler hat auch ein Foto mitgeschickt. Er ist es, ich meine, Roman Merz ist derselbe wie auf dem Bild."

„Und, was beweist das? Nur, dass er uns nicht die Wahrheit gesagt hat, aber das machen viele."

„Und dass er uns etwas verheimlichen will. Müssen wir nur noch herausfinden, was."

„Und deswegen fahren wir jetzt dorthin. Ich meine zum Zirkus."

Beide gingen also und begaben sich in die Tiefgarage, wo all die Autos der Fahrbereitschaft untergebracht waren. Sobald der Wagen lief, schaltete der Kommissar das Gebläse auf voll, warm und Fußraum, damit seine neuen Treter ein wenig trocknen konnten.

„Ist es warm genug für Sie, Herr Kommissar? Ich mein, meine Füße fangen gleich Feuer."

„Musst jetzt aushalten, Armin. Ich brauch a bisserl Trocknen hier."

So verging die Zeit zum Zirkus mit heißen Füßen. Und klassischer Musik von Bayern 4.

Kapitel 19

„Herr Merz, wir haben ein wenig recherchiert und herausgefunden, dass Sie in Linz gemeldet sind."

Man fand Herrn Merz, nachdem man sich zu ihm durchgefragt hatte, im großen Zelt, oben auf dem Trapezgestell, dort, von wo die Artisten sich in die Tiefe stürzen. Natürlich an einem Trapez hängend. Und wo sie dann auch wieder landen. Sollte es denn geklappt haben, mit dem Vor- und Zurückschwingen. Der Kommissar musste seine Stimme erheben, um sich Aufmerksamkeit zu verschaffen.

„Warten Sie, ich komme runter. Dann brauchen wir nicht so zu schreien."

„Gute Idee", meinte der Kommissar in normaler Lautstärke zu Armin.

Es dauerte, bis Roman Merz die Strickleiter herunterkam. Die Trapezkünstler brauchten sie nicht, um hinunterzusteigen, sie ließen sich einfach ins Netz fallen, das für die Aufführung unter ihnen aufgehängt war. Auch dieses Netz war bereits montiert.

„Also, was wollen Sie mir damit sagen, meine Herren? Hätten Sie mich danach gefragt, hätte ich Ihnen das auch gesagt. Sie haben mich jedoch nur gefragt, ob ich in Deutschland gemeldet war. Und das war ich nicht."

„Richtig, Herr Merz, aber das ist nicht alles. Wir haben auch mit der Werkstatt in Augsburg gesprochen, die uns gesagt hat, dass das Problem mit dem

Auto wahrscheinlich absichtlich herbeigeführt worden war. Eigentlich war nichts richtig kaputt, es war eher manipuliert worden, damit es so aussah, als wäre es kaputt."

„Und jetzt denken Sie, ich hätte den Stecker rausgezogen. Und warum, bitte, sollte ich das getan haben?"

„Woher wissen Sie von dem Stecker?", fragte Armin.

„Ich habe den Mechaniker gefragt, was es war, und er hat mir gesagt, es war ein Stecker am Verteilerkopf."

„Sind Sie mit mechanischen Dingen vertraut, Herr Merz? Ich meine, Sie scheinen ja alles Mechanische hier unter Kontrolle zu haben."

„Ich weiß, wovon ich rede, wenn ich etwas mache, Herr Kommissar."

„Und warum haben Sie dann das Problem nicht selbst gefunden, warum brauchten Sie einen Mechaniker?"

„Weil der Stecker, um den es geht, immer noch so weit eingesteckt war, dass man nicht sehen konnte, dass er keinen Kontakt mehr hatte. Da ist so eine Gummikappe drüber, wissen Sie, und die bleibt auch dran, wenn man den Stecker zieht. Man kann den Fehler nur feststellen, wenn man die Spannung misst. Aber das übertrifft sicher Ihren technischen Horizont, Herr Kommissar. Und warum ist das denn überhaupt so wichtig?"

„Weil wir denken, dass irgendjemand Sie am Montag nicht hier in München haben wollte. Oder, als zweite Möglichkeit, Sie selbst verhindert haben, hier in München zu sein."

„Und was, bitte, wäre der Anlass für mich, nicht hier sein zu wollen?"

„Genau das, Herr Merz, werden wir herausfinden. Verlassen Sie sich darauf."

Damit ging der Kommissar in Richtung Ausgang und ließ Roman Merz stehen. Armin schloss sich seinem Chef an. Auf halbem Weh drehte sich der Kommissar noch einmal um und sagte: „Herr Merz, noch eine Frage. Wo genau waren Sie, als Sie in Augsburg waren? Ich meine, was haben Sie gemacht?"

„Nichts. Gewartet und geschlafen. Es war eine gute Gelegenheit, etwas Schlaf nachzuholen. Wir haben hier ein Geschäft, das sich hauptsächlich abends abspielt und tagsüber muss man das alles vorbereiten. Schlaf ist da immer willkommen."

„Gut, Herr Merz, dann gehen wir einmal davon aus, dass Sie geschlafen haben. Falls Sie uns die Wahrheit erzählen wollen, wissen Sie ja, wo Sie uns finden können."

Der Kommissar und Armin machten sich auf den Weg zum Auto. Armin hatte das Gefährt extra so geparkt, dass der Kommissar es nicht nötig hatte, mit seinen neuen Schuhen durch Morast zu laufen. Darauf hatte er an diesem Tag besonders geachtet. Was er nicht immer tat, muss man dazu sagen. Er fand die Schuhe schön, wollte es aber dem Kommissar nicht sagen. Er glaubte, dass der Kommissar schon genug über seine Schuhe gehört hatte.

Im Auto schaltete der Kommissar wieder die Fuß-
heizung an, was Armin nur mit einem Seufzer beant-
wortete.

„Warum nageln wir uns eigentlich so auf diesen
Merz fest, Herr Kommissar? Wenn er die Wahrheit
sagt, muss es jemanden geben, der wollte, dass er am
Montag nicht mit all den anderen in München ist.
Wahrscheinlich war der Mord also geplant und der
Täter wollte keine Gesellschaft haben."

„Woher wusste der Täter, dass der Lautermann am
Montag eine Postsendung abholen würde? Wenn er
das wusste, ich meine, schon am Sonntag oder davor,
dann ergibt es Sinn, dass er am Auto gedreht hat, um
ungestört zu sein. Oder vielleicht waren es ja auch
mehrere Täter. Immerhin scheint dieser Merz immer
und überall herumzulaufen."

„Was ja auch seine Aufgabe ist. Das Mädchen für
alles. Immer bereit."

„Gut, Armin, dann denken wir doch einmal darüber nach, wer wissen konnte, dass der Lautermann
Post abholt."

„Da wäre einmal seine Frau, die sicher davon
wusste. Er wird es ihr wohl erzählt haben."

„Anzunehmen, aber nicht unbedingt richtig. Viele
Ehen haben ihre Geheimnisse. Wir werden sie danach
fragen. Wer noch?"

„Fällt mir keiner mehr ein, Herr Kommissar. Außer natürlich die Person, die das Paket versendet hat.
Wir wissen noch nicht, wie die ganze Truppe zuei-

nander in Beziehung steht. Es kann ja sein, dass irgendjemand von den Leuten näher bekannt war mit dem Lautermann als wir wissen."

„Das ist eine Möglichkeit, Armin. Eine andere ist, dass jemand das so nebenbei mitbekommen hat. Ich meine, die Wände in diesen Wohnwagen sind ja nicht gerade sehr gut schallisoliert. Wenn ich daheim im Wohnzimmer sitze, höre ich oft auch den Fernseher vom Nachbarn. Und da die das Schlafzimmer dort haben, wo wir uns die Wand teilen, höre ich manchmal noch ganz andere Sachen."

„So, Ihrer Theorie nach, hat also jemand mitbekommen, dass der Lautermann am Montag zur Post geht und dort etwas abholt. Wenn das der Fall ist, muss die Person, also unser Täter, auch gewusst haben, um was es geht und das es wichtig genug war, dafür zu morden. Ich meine, man bringt ja jemanden nicht einfach mal so um, nur weil der auf der Post war."

„Wir müssen also herausfinden, was auf dieser CD ist. Das ist der Schlüssel zu allem. Lass uns die Frau Lautermann reinrufen. Du weißt, dass sich die Menschen im Präsidium immer anders verhalten als dort, wo sie zu Hause sind. Sag dem Potschenrieder Bescheid, der soll sie abholen. Und sag ihm, er soll nett sein, so nett, wie er es eben gerade schafft."

Sie waren wieder im Büro. Die Schuhe des Kommissars waren sogar wieder ein wenig getrocknet. Nur saßen sie jetzt so fest an den Füßen, dass es ihm fast das Blut abschnürte. Er verfluchte seine Entscheidung vom Morgen und löste die Schuhbänder, um seinen Füßen ein wenig Luft zu verschaffen. Ausziehen wollte er die Schuhe nicht, da er Angst hatte, er würde sie nicht mehr an bekommen. Womit er wohl recht hatte. Also lieber leiden, als barfuß nach Hause gehen. Und er litt. Das sah man ihm an.

Kapitel 20

Polizeiwachtmeister Andreas Potschenrieder war nach einer Woche Innendienst wieder auf Streife. Seinem liebsten Zeitvertreib. Er hasste den Innendienst, in dem er nur immer irgendwas für irgendwen erledigen musste und nicht einmal Zeit hatte, sich jeden Tag, gegen neun Uhr morgens, seine Weißwurst einzuverleiben. Seine geliebte Weißwurst. Mit frischer Brezel. Vom Metzger Franz Schlachter. Ja, wirklich, er hieß Franz Schlachter. Der Name war ihm gegeben, als er geboren wurde, er konnte also nichts dafür, dass dieser Name jetzt auch noch sein Beruf geworden war. Obwohl er immer sagte, dass es nicht das Schlechteste sei, wenn jeder seinem Namen nach auch sein Brot verdiente.

„Dann müsst ich ja Andreas Polizeimeister heißen, wenn deine Theorie stimmen sollte, Franz. Des is doch ein Schmarrn."

'Schmarrn' ist die bayerische Version von 'Unsinn'. Nur in Bayern sagt niemand 'Unsinn'. Nur 'Schmarrn'. Wobei Schmarrn auch etwas zum Essen sein kann. Kaiserschmarrn. Aber das ist ganz was anderes.

„Muss ja nicht immer so sein. Und ihr von der Polizei habt's eh eine Sonderstellung. Aber früher war das so. Ich mein, viel früher. So früh, dass jeder noch für sein Brot hat arbeiten müssen. Da hat man genau gewusst, was der Schneider gemacht hat oder der Schuster, der Lederer und die alle. Heut heißt man nur einfach so und nichts ist dahinter. Ein Name ohne

Bedeutung. Wie eine Nummer. Früher oder später kriegen wir sowieso nur ein paar Streifen auf das Hirn tätowiert und wenn dann jemand wissen will, wer wir sind, nimmst einfach so an Scanner, wie wenn'st an Preis wissen willst, und schaust nach. Da steht dann alles drauf. Braucht's keine Namen mehr."

„Zu viele Leut gibt's, Franz, und zu viele Berufe. Vielleicht hast recht, vielleicht auch nicht. Nur wenn'st dann einen triffst, der Moses Müllabfuhr heißt oder Dieter Kanalreiniger, dann wird's speziell."

„Ja, des wär nicht so aufregend, des weiß ich schon. Hab'n dir meine Würscht wieder g'schmeckt, Andi?"

„Wie immer, Franz, gut wie immer. Nur beim Bier solltest a bisserl nachhelfen. Weißt eh, dass ich nur Paulaner trink."

Dies waren so die tiefgründigen Diskussionen, die sie miteinander führten, der Franz Schlachter und der Andreas Potschenrieder, immer wenn sie sich sahen. Jeden Tag um neun.

Jetzt aber stand Andreas in der Tür zum Büro vom Kommissar Wengler, Frau Lautermann sachte vor sich her schiebend.

„Herr Kommissar, hier ist die Frau Lautermann, wie Sie sich des gewünscht haben."

„Andreas, gute Arbeit. Wie is es denn so? Wieder auf Streife?"

„Ja, eh schon, gell, Herr Kommissar. War nur ein kleiner Zwischenfall, da vor zwei Wochen. Wir haben an Funk kriegt, das was los is beim Brückenwirt, wissen's eh, dort an der Großhesseloher Brücke, der Biergarten. War doch a schöner Tag da, da ham wir g'meint, dass es schon Frühling wird, dabei war es nur der Sauföhn, der einem den Schädel z'reißt."

„Ja, da kann ich mich auch dran erinnern. Ich hab g'meint, meine Augen haut's raus, so weh hat der getan. War den ganzen Tag nicht zum Brauchen."

„Ja, mir tut er auch nicht gut, der Föhn. Obwohl ich ja von hier bin. Da müsst man meinen, es macht nichts, aber wahrscheinlich gibt es kein Entrinnen. Da muss man durch. Ja, aber zurück zum Brückenwirt. Ein paar Burschen haben zu viel Bier g'habt und randaliert. Wir sind kommen und wollten die mitnehmen, nur zum Ausnüchtern, und da is doch glatt einer frech g'worden. Und auf einmal is der da g'fallen und voll die Böschung runter. Geht ja dort runter bis zur Isar. Purzelbäum hat er gschlag'n, gleich drei oder vier. Durch alle Büsche. Dann is er da unten g'legen, im Gras. Kurz vor dem Wasser. War ja noch gut, dass er da nicht rein ist. War ja noch saukalt, die Isar. Sogar die Bedienung, die Rosi, hat g'meint, dass der Depp selber so blöd war und g'fallen is. Na ja, ins Krankenhaus hat er müssen. A paar Knochen hat's erwischt, und im G'sicht hat er net so gut ausg'schaut. Aber vorher hat er auch nicht ausg'sehen wie ein Filmstar, macht also nichts."

„Du machst des schon richtig, Andreas, mach nur weiter so. Und pass gut auf dich auf. Wir rufen dich, wenn wir dich brauchen."

Damit machte Andreas Potschenrieder kehrt und ging seinem geliebten Dienst nach. Frau Lautermann stand immer noch an der Tür und wusste nicht, was machen. Sie hatte angespannt der Unterhaltung gelauscht, von der sie allerdings nicht sehr viel verstand. 'Seltsame Sprache, das Bayerisch', dachte sie bei sich.

„Setzen Sie sich doch, Frau Lautermann. Hier", und dabei zeigte der Kommissar auf den einzigen Stuhl, der im Raum stand, „der wär dann für Sie heute."

„Guten Tag, Herr Kommissar", fing Frau Lautermann an.

„Und auch guten Tag zu Ihnen, Herr ...."

„Staller, Armin Staller."

„Ach ja, richtig. Verzeihen Sie meine Vergesslichkeit."

Damit setzte sie sich so gemütlich es eben ging auf den angebotenen Stuhl. Helles Holz, leicht eingedrückte Sitzfläche, gebogene Lehne. Er stand dort, seit man denken konnte. Und es gab keinen Grund, ihn auszuwechseln. Die modernen Errungenschaften des Gestühls gingen am Polizeipräsidium vorüber, als gäbe es keine. Als hätte sich in Bezug auf Sitzmöbel der einfachen Art seit dem Krieg nichts geändert. Nur die oberen Etagen bekamen die neuesten Erfindungen, die man in glanzvollen Prospekten sehen konnte. Man sah davon nichts in den Büros, in denen der Kommissar zu verkehren pflegte. Es gab das Gerücht, dass der Oberpolizeirat Hermann Kochwiesel sich jedes Jahr einen neuen Stuhl kommen ließ, mit der Begründung, es täte seinem Rücken gut. Warum der Stuhl vom Vorjahr, der seinem Gebrechen scheinbar geholfen hatte, plötzlich nicht mehr half, war sein Geheimnis. Unter der Hand nannte man ihn den Hermann Stuhlwiesel und immer wenn man ihn im Gang sah, hielt man sich die Hand vor den Mund, um ein ironisches Lächeln nicht preiszugeben.

Wie immer wollte der Kommissar erst einmal sehen, wie die Person auf dem Stuhl reagierte. Wie sie sich bewegte, hinsetzte, was sie mit den Händen und Beinen machte. Viele dieser Gesten gaben Auskunft darüber, ob jemand etwas zu verbergen hatte oder nicht. Ob er nervös war oder angespannt. Frau Lautermann schien ganz entspannt zu sein. Sie schlug ihre Beine übereinander, legte ihre Hände auf den Schoß und wartete, was da so kommen sollte. Nur kam nichts. Also fing sie an zu reden.

„Darf ich wissen, warum ich von der Polizei abgeholt und hierher gebracht wurde?"

Sie sah beide Herren, die schweigend von ihr Notiz genommen hatten, fragend an.

Der Kommissar fühlte sich angesprochen.

„Aber ja, Frau Lautermann. Sicher werden wir Ihnen sagen, warum Sie hier sind. Erst einmal, Ihr Mann ist umgebracht worden und wir ermitteln in dieser Sache, also ist es nötig, dass wir mit dem Umfeld des Opfers reden. Zweitens wollten wir Sie fragen, ob Sie wussten, dass Ihr Mann am Montag zur Post wollte und was er dort abgeholt hat."

„Mein Mann hat jedes Mal, wenn wir einen neuen Standort hatten, als erstes die Post abgeholt. Wir haben einen Nachsendeantrag und da wir wissen, wo wir wann sind, planen wir immer so, dass die Post zwei Tage vorher zu dieser Adresse geschickt wird. So stellen wir sicher, dass keine Post kommt, wenn wir nicht mehr an diesem Ort sind, und alles kommt, wenn wir hier sind. Wenn Sie verstehen, was ich meine."

„Wir verstehen. Also die Post, die am Montag in München war, wurde am Freitag von ihrem Winterquartier abgeschickt?"

„Eher Donnerstag. Wir zählen nur die Wochentage. Am Wochenende arbeitet die Post nicht. Beamte, wenn Sie wissen, was ich meine."

Der Kommissar überging diesen Kommentar, der sicher auch ihm gegolten hatte.

„Hat Ihr Mann etwas Spezielles erwartet?"

„Nein, warum fragen Sie?"

„Weil er eine CD bekommen hat, die er in seiner Tasche gehabt zu haben schien. Der Täter war sehr an dieser CD interessiert und wir nehmen an, dass dies der Grund war, warum Ihr Mann umgebracht wurde. Wussten Sie von einer CD?"

„CD? Was soll denn da drauf gewesen sein?"

„Genau das, Frau Lautermann, wollten wir von Ihnen wissen. Das ist der Hauptgrund, warum Sie hier sind."

Frau Lautermann schien nachzudenken. Sie sah an die Decke, sah auf ihre Hände, schlug das andere Bein über und dachte nach.

Sie sah sich im Büro um. Die lindgrüne Farbe an den Wänden, das große Kreuz, das in der Ecke hing, der Stadtplan neben dem Fenster. Alles Dinge, die schon lange da gewesen zu sein schienen. Dinge, die langsam aber sicher dem Verfall preisgegeben wurden. 'Niemand wird die je abnehmen', dachte sie. Es ist alles so ewig, so endgültig, in dieser Welt, mit der sie nichts zu tun hatte. Es war, als wäre alles festgeschweißt und auf Ewigkeit programmiert. Sie war eher der Mensch, der immer in Bewegung sein musste, immer etwas Neues sehen musste. Die festen Sachen machten ihr Angst. Sie sahen wie tot aus. Und warteten auf ihr Opfer.

Der Kommissar betrachtete sie. Sie war eine stattliche Erscheinung. Immer noch schlank, immer noch eine gute Figur, die er heute zum ersten Mal richtig sah, da er sie bisher nur im Morgenmantel kennengelernt hatte. Nur an ihrem Gesicht sah man ihre Jahre, aber das kann auch etwas mit dem Lebensstil zu tun haben, dachte er sich. Es macht einen nicht jünger, wenn man Abend für Abend arbeitet, bis in den Tag hinein schläft und dann am Abend wieder hinaus muss.

Sie hatte einen rosa Hosenanzug an, der vielleicht schon etwas älter war und früher auch ein bisschen weniger gespannt hatte, aber immer noch gut aussah. Dazu rote Cowboystiefel mit schwarzen Verzierungen. Auf dem Schoß hatte sie eine rote Handtasche, die zu ihren Stiefeln passte. An Schmuck war nichts als nur eine kleine goldene Kette mit einem Kreuz als Anhänger zu sehen. 'Man hat sicher nicht viel Platz, in so einem Wohnwagen', dachte sich der Kommissar. Deshalb ist wahrscheinlich auch die Garderobe sehr beschränkt. Außerdem arbeitet man, wenn andere Leute ausgehen, und man ist selbst jemand, der den

Leuten Grund gibt auszugehen. Wozu also Unmengen von schönen Kleidern besitzen, wenn man sie nie anzieht?

Der Kommissar konnte das gut nachvollziehen. Auch er hatte keinen Grund, einen Schrank voller Kleidung zu haben, wenn er eh nur immer die eine Hose anzog. Eine für die kalte und eine für die warme Jahreszeit. Und eine für alles dazwischen. Seine Lodenjacke für die Übergangszeit, den warmen Anorak für den Winter. Sollten sich Spuren des langen Tragens am Stoff zeigen, wechselte er aus. Er ersetzte. Machte Platz für Neues. Addierte nicht.

„Fällt Ihnen etwas ein, Frau Lautermann?"

Der Kommissar schien sie aus tiefen Gedanken gerissen zu haben. Jedenfalls sah sie sich erschrocken um, als er sie das fragte.

„Nein, ich habe nur so nachgedacht. Man lebt mit einem Menschen so viele Jahre zusammen und weiß im Grunde so wenig über ihn. Er hat mir jedenfalls nichts von einer CD erzählt, Herr Kommissar, obwohl ich immer dachte, dass er alles mit mir teilt."

„Er muss nicht unbedingt gewusst haben, dass er eine CD bekommt, Frau Lautermann. Er ist auf die Post gegangen, um Post abzuholen. Da weiß man meist nicht, was einen erwartet. Außer, man wartet auf etwas Bestimmtes."

„Ja, das denke ich auch. Kann man denn nicht nachverfolgen, wer die CD verschickt hat?"

„Nein, wir haben keinen Absender. Wir wissen nur, wo sie auf die Post gegeben wurde."

Frau Lautermann holte tief Luft. Ihre Bedenken schienen sich ein wenig verflogen zu haben. Der Kommissar hatte sicher recht. Vielleicht hatte ihr Mann nicht gewusst, was er bekam.

„Nur, was ich nicht verstehe, Herr Kommissar, warum hat er mir denn nichts von der CD erzählt, als er sie in der Tasche hatte?"

„Das ist eine berechtigte Frage, Frau Lautermann. Warum? Vielleicht wollte er Sie nicht in etwas hineinziehen. Erst wenn wir wissen, was auf dieser CD ist, kann ich Ihnen sagen, warum."

Frau Lautermann nickte leicht mit dem Kopf, als würde sie bejahen, was der Kommissar soeben gesagt hatte.

„Ist sonst noch etwas? Ich würde gerne gehen, wir haben heute Abend unsere erste Vorstellung. Eigentlich schon einen Tag zu spät, aber die Umstände.. Ich bin jetzt die Chefin, müssen Sie wissen, und da hat man so seine Verantwortung."

„Nur noch ein paar Fragen, Frau Lautermann. Erzählen Sie uns doch ein wenig über Ihren Mann. Vielleicht finden wir dann heraus, wie das alles zusammenhängt."

„Was wollen Sie denn wissen?"

„Alles, was Ihnen einfällt."

Frau Lautermann sah den Kommissar verwundert an. Wie konnte sie ihm die Lebensgeschichte eines Mannes erzählen, den sie selbst nicht genug gekannt zu haben schien?

Sie fing leise an zu reden. Eher zu sich selbst, als zu den Anwesenden. Sie hatte vor, ein gutes Bild von ihrem Mann zu zeichnen. Es hatte keinen Sinn, dachte sie sich, tote Menschen auch noch schlecht zu machen.

Kapitel 21

„Da gibt es nicht viel zu erzählen, wissen Sie. Unser Leben besteht aus Zirkus, Herr Kommissar. Wir leben, atmen, riechen, spielen Zirkus jeden Tag, 24 Stunden, 7 Tage die Woche. Das ist unser ganzes Leben. Wir leben zusammen auf engstem Raum, wir reisen von Ort zu Ort, sind immer unterwegs. Am Abend sind wir in der Manege, so lieb und nett und lächelnd, wie wir nur irgend können, auch wenn uns manchmal nicht danach ist. Wir sind immer gut gelaunt. Am Wochenende auch schon nachmittags. Nach der Vorstellung setzen wir uns immer noch ein bisschen zusammen, dort hinter dem Artisteneingang, trinken ein Bier oder so, reden, besprechen, was wir am nächsten Tag zu tun haben, wie es gelaufen ist, was man hätte besser machen können, und alles, und dann gehen wir in unsere Wohnwagen. Am nächsten Tag stehen wir auf, essen etwas, kümmern uns um die Tiere und bereiten uns auf den Abend vor. Da bleibt nicht viel Zeit zum Leben, so wie Sie es kennen."

Damit sah sie auf und den Kommissar an. Sie wollte ein Zeichen setzen, ihm sagen, dass er wahrscheinlich nicht verstehen würde, wie es um Leute wie sie bestellt war. Er konnte sich das sicher nicht vorstellen. Jemand, der morgens aufsteht, ins Büro geht und abends vor dem Fernseher einschläft. Nur um am nächsten Tag genau dasselbe wieder zu machen. Wie kann er auch nur im Geringsten wissen, wie sie leben, welche Sorgen und Probleme sie haben, was in ihnen vorgeht? Es spielte für sie auch keine Rolle.

'Sobald die Zeit in München vorbei ist, werde ich ihn nie mehr sehen', dachte sie bei sich. Es war nicht der Normalfall, dass sie so viele Kontakt hatte zum Rest der Bevölkerung. Und beide Parteien waren dessen froh. Man sah gerne die Vorstellungen, ja, aber danach ging man nach Hause. Es gab keine Gründe, sich mit den Schaustellern zu verbrüdern. Sie waren immer unter sich. Sie hatte sich noch nie erklären müssen. Und wollte es auch jetzt nicht.

„Ich glaube, dass ich und mein Mann nie länger als ein paar Stunden voneinander getrennt waren. Und dann wussten wir immer, wo der andere war. Er war ein guter Mann, wie ich Ihnen schon gesagt habe, wenn er auch manchmal nicht so richtig wusste, wie er seine Gefühle ausdrücken sollte. Der Merz, zum Beispiel, den hat er einfach so eingestellt, als der eines Tages nach der Vorstellung kam und gefragt hat, ob er mit uns mitreisen könne. Morelli hatte zugemacht, das Zelt war abgebrannt. Er brauchte eine neue Stelle. Mein Mann hat gelacht und gesagt, 'Warum nicht? Wir brauchen immer Leute, die gut zupacken können.' Dann hat er ihn in den Arm genommen und gedrückt. Und dann hat er gesagt, 'Jetzt bist du also ein Tropkow!'. Und er hatte ihn nie vorher gesehen.

Oder der Robert, unser Clown. Der hatte Probleme mit dem Alkohol. Schwere Probleme. Manchmal fiel er aus, da er nicht mehr stehen konnte, geschweige denn auftreten. Und hat Karl ihn rausgeschmissen? Nein, er hat mit ihm geredet. Er hat gemeint, dass es einen Grund gibt, warum jemand so säuft. Stundenlang hat er mit ihm geredet. Ich hab immer gesagt, 'Lass doch, das wird nichts'. Aber nein, mein Mann meinte, man müsse solchen Menschen helfen. Und er hat's geschafft. Der Robert, mein ich. Hat seit mehr als einem Jahr nichts mehr angerührt. Das war mein Karl."

Wieder seufzte sie in sich hinein. Die Erinnerungen waren wohl zu frisch, die Wunden noch zu weit offen, um wirklich darüber reden zu können. Leise fuhr sie fort: „Wie ich dann nicht mehr auf dem Seil tanzen konnte, weil ich einfach nicht mehr die Kraft hatte, haben wir uns zusammengesetzt und beratschlagt, was wir machen. 'Elfriede', hat er gesagt, 'da finden wir was. Du wirst eine zweite Karriere machen und wenn ich mich nicht irre, wird die noch großartiger sein als deine erste.' Am nächsten Tag waren dann auf einmal sechs Hunde da, einfach solche Köter aus dem Tierheim, und er hat gesagt 'Elfriede, das ist deine neue Aufgabe. Mach etwas draus. Ich weiß, du kannst das.' Ein paar Tage später stand da auch noch ein Pferd. Adam. Ein Dressurpferd, ein ehemaliges jedenfalls. Und dann habe ich angefangen, Pferde und Hunde zu dressieren."

Sie machte eine Pause. Sah sich wieder im Büro um, sah die alten Möbel, die grünen Blechschränke, die verbrauchten Stühle aus dem hellen Holz. Es roch nach Bohnerwachs. Draußen vor dem Büro, am Gang, machte die Reinigungsmannschaft gerade wieder eine neue Schicht auf das Linoleum. Es würde wieder glänzen, dass man sich darin spiegeln konnte. Es war ungewohnt für sie, das zu riechen. Es gab kein Bohnerwachs im Wohnwagen.

„Dann war da noch seine Familie. Er hatte noch einen Bruder, der war 7 Jahre älter, schwer krank. Hatte alles, was man so haben kann, Diabetes, Herzprobleme, Nieren, eben alles. Manchmal wunderten wir uns, dass der überhaupt noch lebt. Wir haben ihn immer besucht, wenn wir in der Gegend waren, dort in der Nähe von Frankfurt. Und eine Schwester hatte er noch. Die war jünger. Viel jünger. Sein Vater hatte sie mit einer anderen Frau. Auch wenn seine Mutter nichts davon wusste und sie eigentlich nur eine Halbschwester war, er hat sie sehr gemocht. Die Eltern sind beide vor Jahren schon gestorben. Kurz hintereinander."

„Wo haben Sie eigentlich Ihr Winterquartier?", fragte Armin. Er dachte, dass es vielleicht eine Verbindung zu irgendetwas geben könne. Zwischen dem Ort und dem, was passiert war.

„In Norddeutschland, in einem Ort, der Lüdenich heißt."

Sie sah Armin an, der das erste Mal etwas gesagt hatte.

„Ein kleines Dorf, mit nicht mehr als tausend Leuten. Sie mögen uns nicht. Wir haben dort einen kleinen Bauernhof, mit Ställen, einem kleinen Haus und einer Scheune. Außerhalb des Ortes. Dort stellen wir immer alles unter, können unsere Tiere versorgen, unsere Wohnwagen abstellen und so. Die Cabreras gehen im Winter immer mit einem festen Zirkus auf Tournee, das heißt, gingen. Letztes Jahr haben sie keine Angebote mehr bekommen. Man will heute mindestens 5 Leute am Trapez haben und die sind nur drei. Also waren sie bei uns, den ganzen Winter.

Der Merz nimmt sich auch schon mal ein paar Wochen frei, so um Weihnachten herum. Fährt dann mit seinem Wagen in der Gegend herum. Was er genau macht, wissen wir nicht, sind auch nicht interessiert daran. Eine Woche, bevor wir wieder abfahren, steht er dann wieder auf dem Hof. Ende Februar geht es los."

Der Kommissar hörte aufmerksam zu. Es war wie eine andere Welt für ihn, wie ein Leben aus einem Roman. Er wusste nicht, dass es so etwas heute noch gab, dieses freie Dasein, ohne Regeln, ohne Pflichten, außer eben für sich selbst. Ungebunden sein, keinen Wohnsitz haben, immer auf Reisen sein. Das gab es vor Hunderten von Jahren. Aber heute?

Früher, sehr viel früher, als er so 16 war, hatte er einen Freund gehabt, den Karl Mittenbacher, der ihn einmal gefragt hatte, ob er mit ihm zusammen mit einer Velo Solex, einem französischem Fahrrad mit Hilfsmotor, auf eine Reise nach Afghanistan gehen würde. Geschwärmt hatte der. Von den Abenteuern, die man erleben könne, von der weiten Welt, die es zu entdecken gab, von den Menschen, die man kennenlernen würde, von all den Eindrücken, über die man immer nur gelesen hat. 'Jetzt kann man sie selbst erleben, diese Welt, die dort draußen auf einen wartet', hat er geschwärmt. 'Man muss sie nur in Angriff nehmen, diese Welt'.

'Nach Afghanistan, du spinnst ja, du Depp. Was willst denn da? Da gibt's doch nichts. Und dann bis dahin fahren, mit einem Fahrrad!', hat er ihm gesagt und hat es gelassen. Monatelang hat er daran denken müssen und immer, wenn wieder eine Postkarte kam, aus der Türkei, dem Libanon, Irak und letztendlich aus Kabul, hat er sich gesagt: 'Herrgott, der hat's wirklich g'macht, der Depp! Und ich hätt dabei sein können.' Aber er war nicht dabei. Dann ist der Karl wieder zurückgekommen und hat studiert. Arzt ist er geworden und nachdem er fertig war, ist er wieder nach Afghanistan gegangen. Seitdem hat er nichts mehr von ihm gehört oder gesehen. Und das ist schon ewig her, aber denken daran muss er noch bis heute. Und irgendwie tat es ihm immer leid, nicht dabei gewesen zu sein. Manche Leute sind dabei und manche eben nicht. Die, die gemacht haben, was sie sich erträumen, die leben, dachte er dann immer. Die, die es nicht machen, versuchen, das Beste aus dem zu machen, was man Leben nennt.

Der Kommissar war in seine Gedanken versunken. Er hatte aufmerksam zugehört und sich Notizen gemacht, viele Seiten in seinem kleinen weißen Buch vollgeschrieben. Es fehlte allerdings etwas, das gewisse Etwas, was dem, was passiert war, einen Sinn geben würde. Alles, was Frau Lautermann erzählt hatte, war mehr oder weniger normal. Nicht im herkömmlichen Sinne, aber eben doch normal. Und doch musste es etwas geben, was er noch nicht wusste. Nur was war dieses Etwas? Was wusste er nicht? Wo war die Verbindung?

„Was ist mit dem Herrn Buchner, Frau Lautermann, wie passt der in die Familie?", fragte der Kommissar, um die Unterhaltung wieder in Gang zu bekommen.

„Ja, der Robert, unser Clown. Wie ich schon gesagt habe, war er Alkoholiker. Zu uns gekommen ist er, als der Zirkus Morelli, bei dem er jahrelang gearbeitet hat, abgebrannt ist. Wie der Roland Merz auch. Blitzschlag, Feuer und alles war weg. Wir haben dann Teile vom Inventar übernommen, und auch den Robert. Die Morellis sind ins Altersheim gegangen. Es gibt da ein Altersheim in der Nähe von Augsburg, zwischen Augsburg und einem Dorf, das heißt, glaube ich, Dasing oder so. Dort hat es einen Bauernhof, der auch mal ein Gnadenhof war für alte, ausgediente Pferde. Dort hat man jetzt so ein Künstleraltersheim eingerichtet. Kostet nicht viel, ist auch nicht sehr komfortabel, aber man kann dort seine letzten Tage verbringen. Wir hatten vor, dort einmal zu wohnen, wenn wir zu alt sind für die Straße. Nicht nur Tiere sind froh für ein Gnadenbrot."

Der Kommissar hatte einen Gedanken, den er allerdings für sich behalten wollte. Später, wenn er sich darüber im Klaren war, was er zu bedeuten hatte, konnte er ihn mit Armin diskutieren. Nicht jetzt.

„Ich glaube, Frau Lautermann, das wäre es erst einmal für heute. Wir danken Ihnen für den Besuch. Armin, ruf doch den Andreas an, dass er die Frau Lautermann wieder nach Hause fährt."

Wenige Minuten später kam Andreas Potschenrieder ins Zimmer.

„Da bin ich, Herr Kommissar. Wollt eh grad kommen, weil ich in einer halben Stunde Dienstschluss hab. Wollt wissen, ob's noch was brauchen."

„Du kannst die Frau Lautermann nach Hause fahren. Ist doch auf dem Weg, oder?"

„Kein Problem, Herr Kommissar. Alles ist auf dem Weg für Sie, wenn man nur will."

Damit bat er Frau Lautermann, ihm zu folgen. Sie drehte sich auf dem Weg zur Tür noch einmal um und sagte:

„Es wäre schön, wenn Sie beide einmal bei uns hereinschauen würden. Ich meine, nicht dienstlich, sondern um sich unser Programm anzusehen. Kommen Sie einfach, wir finden dann schon einen Platz für Sie. Ich glaube nicht, dass es zu voll werden wird. Obwohl, mit der Reklame, die wir ungewollt bekommen haben, weiß man nie."

Sie folgte Andreas Potschenrieder aus dem Büro. Der Geruch von Bohnerwachs, der sich bisher in Grenzen gehalten hatte, da die Tür verschlossen war, breitete sich auf einmal mit voller Wucht aus. Es würde Wochen dauern, bis man den wieder aus der Nase hatte.

Kapitel 22

Der Kommissar und Armin saßen zusammen und beratschlagten, was als Nächstes zu tun war.

„Es gibt eine Verbindung, Armin, die wir uns näher ansehen sollten. Dieses Altersheim in Dasing. Das wäre ein Grund für den Merz, einen Tag mehr in Augsburg zu verbringen. Ich weiß nicht, ob da was dran ist, aber die Morellis waren doch einmal seine Zirkusfamilie. Erstens hat er uns davon nichts erzählt, und zweitens, wenn man schon mal in der Nähe ist, würde es Sinn ergeben, die zu besuchen."

„Erzählt hat er uns nicht davon, weil wir ihn nicht gefragt haben. Das wird seine Antwort sein. Und vielleicht haben Sie recht, es schadet jedenfalls nicht, einmal näher nachzufragen."

„Ruf doch mal in Augsburg an und frag die, wo das genau ist. Dann fahren wir morgen einfach mal hin und schauen uns das an."

Damit stand der Kommissar auf und zog seinen Anorak an. Es war gerade einmal früher Nachmittag, aber dennoch höchste Zeit, zum Essen zu gehen. Seine Schuhe hatten sich erholt, wenn sie auch drückten wie ein Schraubstock. 'Man bekommt, was man bezahlt', dachte sich der Kommissar. 'Wird schon seinen Grund gehabt haben, warum die im Schlussverkauf waren.'

„Ich geh jetzt ins Augustiner, Armin. Und danach in den Zirkus. Wenn du Lust hast, kannst ja auch kommen."

„Nein, Herr Kommissar, hab schon was vor, leider."

„Wie heißt sie denn? Darf man des wissen?"

„Die heißt nicht, Herr Kommissar. Ich mach einen Kurs in Selbstverteidigung."

„Armin, so schlimm sind die Frauen ja heute auch wieder nicht, dass du so einen Kurs brauchst. Sei einfach nett zu denen und das reicht dann schon. Hat bei mir immer gewirkt."

Leise lächelnd, mit einem leicht schmerzlichen Unterton wegen seiner Schuhe, machte der Kommissar sich auf den Weg zum Augustiner. Man sah ihm an, dass es nicht einfach war, seinen Schmerz zu verbergen.

Der Geruch von Bohnerwachs hatte sich festgesetzt, wie eine Wolke. Man ging durch sie durch, konnte sie jedoch nicht fassen. Sie war da und würde lange bleiben.

Kapitel 23

Der Abend brachte Wind und eisigen Regen. 'Genug! Jetzt reicht's', dachte sich der Kommissar, als er aus dem Augustiner kam und in Richtung Karlstor ging. Er rief ein Taxi, das gerade die Sonnenstraße entlang raste und es gerade noch schaffte, vor ihm stehen zu bleiben.

„Zum Zirkus, bitte. Auf der Theresienwiese. Und fahren's ned so schnell, wie's ankommen sind."

„Holen Polizei?"

'Ausländer auch noch, ja sauber', dachte sich der Kommissar. 'Gibt es denn keine Münchener Taxifahrer mehr?'

„Nein, ich hole keine Polizei, weil ich nämlich die Polizei bin. Und ich kann Sie schon abholen lassen, wegen Straßenverkehrsgefährdung und so. Ich hab da einen Kollegen, der würd' sich freuen, mit Ihnen zu reden. Nur dass Sie sich darüber nicht freuen würden."

„Kein Sorge, Herr Polizei. Ich ganz vorsichtig."

Damit war die Konversation beendet und der Kommissar genoss die wohl langsamste Taxifahrt seit Menschengedenken.

Es waren viele Leute im Vorraum zum großen Zelt. Es roch nach heißem Kaffee, gegrillter Wurst, Popcorn und abgestandenem Fett. Nach feuchtem Gras, brauner Erde und Stroh. Und nach den Ausdünstungen der Menschen. Ja, auch der Mensch dünstet, dachte sich der Kommissar, auch wenn er, oft vergeblich, versucht, das zu überdecken. Der Wind hatte aufgefrischt und trotz der Zeltwand zog es kräftig. Es half, die Gerüche in Zaum zu halten.

Man konnte Pommes Frittes haben und Bratwurst. Mit Ketchup und Currypulver wurde es eine Currywurst. Zuckerwatte war im Angebot und Schlangen aus schwarzem und rotem Bärendreck. Lakritze nannte man das auch, und der Kommissar erinnerte sich, wie er als Kind immer verrückt danach war. Heute konnte er das nicht mehr sehen, geschweige denn essen. Popcorn war eine neue Erfindung. Das gab es früher nicht. So wie es inzwischen vieles gab, was früher unbekannt war.

Der Clown, Robert Buchner, machte sich seinen Spaß mit den Kindern. Begrüßte jedes einzelne, das mit seinen Eltern durch den Eingang kam. Sie standen dann ehrfürchtig vor ihm und wussten nicht, was zu sagen, sahen ihn nur mit riesengroßen Augen von unten an. Er holte ihnen einen Euro aus dem Ohr, redete mit ihnen, machte Lustiges aus langen, bunten Ballons, die er vorher aufblies. Kleine Tiere, Giraffen, Pudel, Dackel. Er schenkte sie ihnen und sie zeigten sie stolz ihren Eltern.

Roland Merz hatte eine blaue Uniform an, mit goldfarbenen Knöpfen, und ging im Vorzelt herum, sah nach dem Rechten, sagte seinen Leuten, was sie zu tun hatten. Der Kommissar beobachtete ihn, ihre Blicke trafen sich. Er wurde nicht schlau aus ihm. 'Vielleicht tu' ich ihm Unrecht', dachte er sich. 'Vielleicht ist er der beste Mensch der Welt und verdient nicht, so verdächtigt zu werden. Aber wer weiß das schon?'

Dann sah er sich um. Sah, wie all die Leute neugierig waren auf das, was kommen sollte. Sich freuten auf den Zirkus. Redeten, lachten, sich in die Arme nahmen. Es war immer dieselbe Art von Menschen, die in den Zirkus ging. Einfache Menschen, nicht solche, die sich feine Kleider anziehen, um in die Oper oder ins Theater zu gehen. Nein, man ging in die Vorstellung der Welt der kleinen Künste, nicht die der großartigen Vorstellungen. Man hatte nicht den Drang, sich sehen zu lassen. Man musste nicht 'dazu gehören', nein, man konnte ganz einfach einmal ein Vergnügen haben. Sich freuen.

Roland Merz kam auf ihn zu.

„Wir haben Sie erwartet, Herr Kommissar. Frau Lautermann meinte, Sie würden heute eventuell kommen. Wenn Sie soweit sind, begleite ich Sie zu Ihrem Platz."

Damit drehte er sich um und ging in Richtung Eingang. Es blieb dem Kommissar nichts anderes übrig, als zu folgen. In einer Box, genau gegenüber des Artisteneingangs, direkt am Ring, waren vier Stühle platziert. Einer davon hatte ein Schild. Reserviert. 'Warum nahm Frau Lautermann an, dass er kommen würde?', fragte sich der Kommissar. Andererseits, wenn er nicht gekommen wäre, hätte man das Schild eben einfach gelassen.

Er setzte sich, nachdem Herr Merz ihm mit einer Handbewegung gezeigt hatte, dass dies sein Stuhl war. Ja, es war ein guter Platz. Normalerweise mochte er solche Plätze nicht, aber für dieses Mal war es in Ordnung. Er mischte sich lieber unters Volk und war nicht unbedingt erpicht darauf, im Rampenlicht zu stehen.

Einer der Arbeiter, den er gesehen hatte, als man das Zelt aufbaute, ging mit Lichtschlangen, Popcorn und Zuckerwatte um den Ring und pries lautstark seine Sachen an. Die wenigen Worte, die er dazu brauchte, waren schnell gelernt. Nur klangen sie Polnisch. Alles war in einem großen Bauchladen verstaut, den er wie eine Trophäe vor sich her trug. Auch er hatte eine Uniform an, wie Herr Merz, nur war seine dunkelrot. Dieselben goldenen Knöpfe.

So langsam füllte sich das Zelt. Es waren nicht viele Leute da. Sie hatte Recht, die Frau Lautermann. Das Wetter ließ viele zu Hause bleiben. Vielleicht sagten sie sich, es kommt noch ein anderer Tag.

Es spielte Musik. Zirkusmusik, aus einem Leierkasten, der mitten in der Manege stand. Der zweite polnische Helfer, den man auch in eine dieser Uniformen gezwängt hatte, stand dort und drehte die Kurbel. Nur der kleine Affe fehlte, mit der goldenen Kette. Der, der immer nur Erdnüsse aß.

In den heutigen Zeiten kam Musik normalerweise aus Lautsprechern, nur in diesem Fall schien sie echt zu sein. Manchmal fragte sich der Kommissar, was wäre, wenn man einfach mal den Strom abstellte. Nicht nur im Zirkus, nein, überall. Es gäbe keine Musik mehr. Selten, dass man noch Musik hört, wie sie gehört werden sollte. Im Original. Ohne tausendfach verstärkt werden zu müssen.

Die Lichter gingen aus. Es wurde stockdunkel. Dann ein Trommelwirbel, ein Scheinwerfer auf die Person, die aus dem Nichts gekommen zu sein schien und auf einmal mitten im Ring stand.

In dramatisch gesetzten Tönen, erklangen die Worte: „Guten Abend, mein liebes Publikum, meine lieben Kinder und solche, die es geblieben sind. Ich freue mich, euch alle im Zirkus Tropkow begrüßen zu dürfen und wünsche euch einen wunderschönen Abend. Wir werden euch die spektakulärsten Attraktionen zeigen, die diese Welt je gesehen hat. Akrobaten, Tiere und Späße haben wir für euch. Die geheimnisvolle Welt des Zirkus wird sich euch eröffnen. Und euch in eine Zauberwelt versetzen. Lasst euch entführen!"

Damit ging ein Scheinwerfer am Artisteneingang an und Licht in der Arena flutete den Ring. Frau Lautermann kam auf ihrem weißen Pferd mit einem weißen Kleid und goldenen Besätzen in den Ring geritten. Sie sah sehr schön aus, da auf dem Pferd. Stolz und schön.

Kapitel 24

Der letzte Applaus war verklungen, die Leute verließen so langsam das Zelt. Es gab nur lächelnde Gesichter. Die Kinder hörten nicht auf zu reden. Sagten ihren Eltern, wie toll der Clown war, wie spannend das Trapez und wie toll die Hunde waren. Es waren fast alle schon gegangen, als Frau Lautermann auf den Kommissar zuging. Sie hatte mittlerweile wieder ihren roten Morgenmantel an, den mit den goldfarbenen Stickereien.

„Kommen Sie doch noch mit hinter das Zelt, Herr Kommissar. Wir trinken noch ein Bier. Sie können dort alle kennenlernen, die bei uns arbeiten. Vielleicht hilft es ja, den Mörder meines Mannes zu finden."

„Gute Idee, Frau Lautermann. Manchmal verrät sich der Täter, wenn er denkt, wir wissen mehr, als wir zugeben."

Alle waren an einem langen Tisch versammelt, den man zusammenklappen konnte. Alles in diesem Zirkus war so konstruiert, dass man es entweder falten oder auseinander nehmen konnte. Keine Endgültigkeiten, wie das ganze Leben im Zirkus keine Dauerlösung war, sondern immer einen Aufbruch bedeutete. Aufbau, Abbau, weiterziehen und wieder Aufbau. Manche Leben sind wie ein Zirkus, dachte sich der Kommissar. Man baut auf, verliert und fängt wieder von vorne an.

Herr Merz hatte gerade angefangen, den Abend zu rekapitulieren, als der Kommissar mit Frau Lauterbach am Tisch erschien. Er lobte die Cabreras, es sei das Beste gewesen, was er seit Langem gesehen hatte.

„Nur du, Robert", und damit sah er Robert Buchner streng an, „du musst da noch was drauflegen. Verstehst du? Die Kinder müssen schreien vor Lachen, nicht nur lächeln. Wir werden daran arbeiten."

Als Nächstes nahm er sich Sigmund Korbel vor, den Zauberer und Pferdedresseur.

„Sigmund, dein Zaubern ist toll, ganz große Klasse. Das mit dem Pferd ist auch gut. Gefällt den Kindern. Auch das Rechnen mit dem Pferd ist gut angekommen. Tolle Sache."

Dann blickte er zu Maria Zahn.

„Und du, Maria, bei dir müssen wir noch was finden. Was Großes, meine ich. Einen Salto auf dem Seil oder so was. Hab ich mal gesehen, beim Zirkus Morelli. Die ist einfach so auf's Seil gelaufen, stehen geblieben und hat einen Salto gemacht. Ganz toll. Große Klasse. Vielleicht denkst du mal darüber nach."

Dann nahm er einen Schluck aus der Flasche. Seine blaue Uniformjacke war aufgeknöpft, man sah, dass er darunter nur ein weißes Unterhemd anhatte. Die Binde für die Hose lag auf dem Tisch. Er sah aus, als hätte er schwer gearbeitet und noch schwerer geschwitzt.

Es war eine Pause entstanden, die Frau Lautermann nutzte, sich bemerkbar zu machen.

„Das hier, meine Lieben, ist der Herr Kommissar Wengler, wie ihr ja schon alle wisst. Nur falls ihr ihn vergessen haben solltet. Ich habe ihn eingeladen, mit uns noch ein Bier zu trinken. Er wollte euch ein wenig besser kennenlernen und dabei vielleicht sogar herausfinden, was am Montag passiert ist."

„Wissen Sie denn schon, wer es war, Herr Kommissar?", fragte Antonio Cabrera.

„Nein, aber wenn wir es wissen, werden Sie der erste sein, der es erfährt."

„Seien Sie doch nicht gleich beleidigt, Herr Kommissar. Schließlich war das unser Chef und da wollten wir nur wissen, wie weit Sie mit den Ermittlungen sind", meinte Herr Merz in vertraulichem Ton.

„Wir verstehen das, Herr Merz, aber verstehen Sie auch, dass wir nichts sagen können, bis der Fall gelöst ist. Der Mörder ist wahrscheinlich unter Ihnen und könnte seine Schlüsse daraus ziehen, wenn er wüsste, wo wir stehen. Und das wollen wir verhindern. Er soll nicht wissen, was wir wissen. Es ist wie ein Kampf in totaler Finsternis. Keiner weiß, wo der andere ist, aber beide wissen, dass irgendjemand in der Nähe sein muss."

„So, Sie denken also wirklich, dass einer von uns hier der Täter ist?"

„Ja, Herr Cabrera, es war sonst niemand auf dem Platz, jedenfalls wissen wir von niemandem, der zur Tatzeit hier gewesen sein könnte. Ich meine, außer denen, die hier am Tisch sitzen."

„Nur können Sie das auch nicht mit absoluter Sicherheit sagen, Herr Kommissar", meinte Robert

Buchner, der Clown, der sich nur notdürftig von seiner Schminke befreit hatte. Sein Mund war immer noch rot umrandet, wenn auch sehr verschmiert.

„Als wir Kinder waren, Herr Kommissar", sagte Frau Cabrera, „hatte unser Vater einen einfachen Trick herauszufinden, wer es war, wenn jemand etwas angestellt hatte. Wir mussten uns in einer Reihe aufstellen und er ging diese Reihe langsam von einem Ende zum anderen ab. Und wieder zurück. Dabei sah er uns eindringlich an. Dann blieb er stehen und sagte, dass derjenige, der es gemacht hat, blaue Hände habe. Der Schuldige hob sofort seine Hände, wahrscheinlich um zu sehen, ob das stimmte. Was natürlich nicht der Fall war, aber seinen Zweck erfüllte."

„Eine nette Geschichte, Frau Cabrera, aber ich glaube, das hilft uns hier nicht sehr viel weiter."

Alle am Tisch sahen sich an und schmunzelten.

„Wir müssen Fakten sammeln, Geschehnisse nachvollziehen, Untersuchungen machen und ganz einfach versuchen herauszufinden, was in der Zeit zwischen dem Tod des Herrn Lautermann und seinem Finden passiert ist."

„Frau Zahn", wollte der Kommissar wissen, "wie sind Sie eigentlich zum Zirkus gekommen?"

Alle Augen waren auf einmal auf Maria Zahn gerichtet, die ob dessen ein wenig errötete. Maria Zahn war wohl die jüngste im Kreis der Artisten. Gerade einmal über zwanzig, schätzte der Kommissar. Sie hatte mittellange, braune Haare, eine sehr ansprechende Figur, eine kleine Nase und große blaue Augen. Ihre Hände waren ungewöhnlich schmal. Das fiel an ihr auf. Der einzige Schmuck, den sie trug, war eine dünne goldene Kette um den Hals, mit einem kleinen goldenen Fisch als Anhänger.

„Ich war einmal in einem Zirkus und habe eine Seiltänzerin gesehen, da war ich so 6 oder 7 Jahre alt. Ich fand das so toll, ich wollte nicht mehr nach Hause gehen. Es hat mich ganz einfach fasziniert. Und seitdem wollte ich das auch machen. Mein Vater hat mir dann bei uns im Garten ein Seil zwischen zwei Bäume gespannt, nur so eine Handbreit über dem Boden. Dort war ich jede freie Minute. Sommer wie Winter, bei Regen, Sonne oder Schnee. Immer eben. Bis ich nicht mehr runtergefallen bin. Das hat viele Jahre gedauert, aber irgendwann bin ich einfach auf dem Seil gelaufen. Als wäre es das Normalste der Welt. Dann, vor drei Jahren kam der Zirkus in unseren Ort. Ich hab allen Mut zusammengenommen und bei den Lautermanns vorgesprochen, hab ihnen gezeigt, was ich kann und dann hat mich der Herr Lautermann in den Arm genommen und hat gesagt: 'Aus dir wird einmal eine große Akrobatin.' Und hat mich eingestellt. Ich habe von meinem Vater noch den Wohnwagen bekommen, mit dem sie früher immer nach Italien gefahren sind. Sie waren glücklich für mich, dass ich meinen Weg gefunden hatte. Und jetzt bin ich ganz einfach da. Reise und mache, was mir Spaß macht."

„Das ist eine schöne Geschichte, Frau Zahn. Eine sehr schöne Geschichte. Es ist wunderbar, seine Berufung zu finden. Und wie war es bei Ihnen, Herr Korbel?"

Herr Korbel war schon um die fünfzig, hatte ein kleines, rundes Gesicht, das so gar nicht auf seinen schlanken Hals passte. Sein Körper schien sehr fragil zu sein, jedenfalls sah er nicht aus, als könne er viel von ihm verlangen. Er hatte sein Hemd bis zum Bauch aufgeknöpft, seine schwarze Hose war offen. Sie muss anstrengend sein, diese Artistenarbeit, ging es dem Kommissar durch den Kopf.

„So ähnlich wie bei Maria. Ich habe eben gezaubert, seit ich denken kann, hab immer meine Eltern, Verwandten und Freunde wahnsinnig gemacht, weil ich an denen meine neue Tricks ausprobieren wollte. Als ich dann gut genug war, um es auch anderen zu zeigen, bin ich mit einem Zirkus losgefahren. Das war der Zirkus Fromm. Das ist lange her, sehr lange. Den gibt es schon ewig nicht mehr."

„Und wo waren Sie, als es passiert ist, ich meine, das mit dem Herrn Lautermann?"

Herr Korbel sah sich in der Runde um. Sah, dass ihn alle ansahen, als hätte er etwas zu verbergen.

„Ich war in meinem Wagen, wie ich schon Ihrem Kollegen erzählt habe. Es war spät und ich gehe gerne früh ins Bett. Jedenfalls, wenn wir keine Vorstellungen haben."

„Und Sie waren alleine?"

„Ja, alleine. Ich lebe alleine, seit meine Frau vor ein paar Jahren gestorben ist. Annemarie, Gott hab sie selig, war die einzige Frau, die ich jemals hatte und haben werde. Ich bin zufrieden damit."

„Und wie sind Sie zum Zirkus Tropkow gekommen?"

„Wie der Roman, war ich auch beim Zirkus Morelli. Und wie der abgebrannt ist, sind wir alle hierher gegangen. So einfach war das."

„Das heißt, Sie beide kennen sich schon länger?"

„Ja", sagte Herr Merz, „wir kennen uns schon ein paar Jahre. Seit wir miteinander im Zirkus Morelli gearbeitet haben."

„Nach Ihrer Zeit bei der Fremdenlegion, nehme ich an?"

„Ja, nach der Fremdenlegion."

„Das war wann?"

„Vor ziemlich genau sechs Jahren, glaube ich. Sigmund, ich meine, Herr Korbel, war schon da, ich bin dazu gekommen. Wie das Zelt dann abgebrannt ist, sind wir beide hierher gekommen und der Herr Lautermann hat uns mit offenen Armen empfangen. Ein großartiger Mensch war das, der Herr Lautermann."

„Scheinbar nicht für alle. Oder besser gesagt, nicht für eine Person", meinte der Kommissar. „Diese Person schien ein Problem mit dem Herrn Lautermann gehabt zu haben."

Über alles, was gesprochen wurde, hatte sich der Kommissar Notizen in sein kleines Buch gemacht. Er würde es auf dem Weg nach Hause noch einmal lesen. Irgendwas musste es geben, was er noch nicht wusste. Und das vielleicht in diesen Zeilen, bislang unvermutet, versteckt war.

„Haben Sie eigentlich noch Kontakt zu den Morellis?"

Der Kommissar sah erst Herrn Merz dann Sigmund Korbel und den Rest der Truppe an.

„Ich meine, besuchen Sie sie, wenn Sie in der Nähe sind?"

Es war still. Keiner schien zuerst antworten zu wollen.

Herr Merz war es, der anfing.

„Ja, ich fahre ab und zu einmal hin. Nicht oft, aber manchmal."

„Und Sie, Herr Korbel?"

„Nein, leider nicht. Vielleicht sollte ich es tun, Sie haben recht."

„Und was ist mit Ihnen, Herr Buchner?"

„Ich? Nein, ich fahre dort nicht mehr hin. Ich habe ein neues Leben angefangen. Nein, das ist vorbei."

Der Kommissar sah ihn etwas verwundert an und machte sich eine Notiz über diese Antwort. Er würde herausfinden, was der Grund war, so gereizt zu reagieren.

„Es ist spät geworden, meine Lieben", sagte Frau Lautermann.

„Vielleicht sollten wir alle jetzt in unsere Wagen gehen und ein bisschen schlafen. Es war ein guter Abend, wir hatten einen guten Auftritt, die Menschen hatten Spaß. Wir haben, trotz des großen Verlustes am Montag, eine gute Aufführung zusammengebracht und dafür danke ich euch."

Sie drehte sich um und ging Richtung Ausgang. Ohne sich noch einmal umzudrehen, winkte sie mit einer Hand und sagte „Gute Nacht, schlaft gut!".

Herr Merz übernahm es, den Kommissar hinaus zu begleiten.

„Sie sind mit dem Wagen hier?"

„Nein, mit dem Taxi."

„Dann rufe ich Ihnen eines."

Damit nahm er sein Handy aus der Hosentasche und bestellte ein Taxi. Sie gingen langsam, um der Kälte und dem eisigen Wind, der sich über die letzten Stunden aufgetan hatte, nicht zu früh begegnen zu müssen.

„Sie wissen, wo die Morellis wohnen, nehme ich an?"

„Ja, Herr Merz, und wir werden sie morgen besuchen und mit ihnen reden."

„Das sollten Sie machen, Herr Kommissar. Vielleicht klärt sich dann einiges auf."

„Was sollte sich aufklären, Her Merz?"

„Sie werden sehen."

Damit war Stille zwischen den beiden. Durch den Spalt in der Zeltwand sahen sie ein Licht die Straße entlang kommen, sehr schnell. Ein gelbes Auto mit einer Pizzareklame auf dem Dach. Mit quietschenden Bremsen kam das Gefährt vor dem Zelt zu stehen. Der Kommissar verabschiedete sich von Herrn Merz und ging hinaus. Der eiskalte Wind traf ihn wie ein Messer, das ihm die Haut im Gesicht zerschneiden wollte. Er zog seine Jacke so gut es ging nach oben und schloss die Augen soweit wie möglich, so, dass er gerade noch das Taxi finden konnte.

Es war eine kalte, sternenklare Nacht, keine Wolke am Himmel. Er wünschte sich, es wäre Sommer und er müsste das Hemd aufmachen, um nicht zu viel zu schwitzen. Aber es war April und der Sommer war noch nicht in Sicht.

Er sagte dem Fahrer, wo er hin wollte. Für heute hatte er genug und ließ sich direkt nach Hause fahren. Und er hatte Glück, der Fahrer verstand Deutsch. Und hatte ein Navi. Es würde nicht lange dauern. Und das war auch gut so.

Kapitel 25

Der klare, blaue Himmel, der sich für kurze Zeit am Morgen noch gezeigt hatte, hatte nicht gehalten. Und auch das Versprechen nicht, dass er damit angedeutet hatte: dass die Sonne scheinen würde, nichts als Sonne, und der Frühling vor der Tür stehe. Es war wieder Grau in Grau, als der Kommissar seine Wohnung verließ. Er hatte sich diesmal dicke Stiefel angezogen. Noch einmal wollte er nicht in einem Schraubstock an den Füßen durch die Welt laufen. Er hatte Armin angerufen und gebeten, ihn vor seiner Wohnung abzuholen. Man wollte nach Dasing, in den Pferdehof. Warum also erst den Umweg über das Büro machen?

Armin wartete schon. Im Halteverbot. Allerdings hatte er das Blaulicht auf das Dach getan, damit es aussah, als wäre man im Einsatz.

„Du bist nicht im Einsatz, Armin. Das ist illegal, was du machst."

„Und wie nennen Sie das, Herr Kommissar, wenn ich Sie am Samstag abhole? Betriebsausflug?"

„Darüber kann man streiten, was ich allerdings nicht will. Diese Kälte um diese Jahreszeit kostet mich einfach zu viele Nerven. Lass uns losfahren, damit's endlich ein bisschen warm wird."

Also fuhren sie Richtung Autobahn Augsburg – Stuttgart. Es war eine schöne Strecke, die man nehmen musste, um aus München herauszukommen. Der Weg führte am Nymphenburger Schloss vorbei, dem Sommersitz unserer ehemaligen, bayerischen Könige.

„Der heutige König, also ich mein, wenn er König wär, der König, weißt schon, was ich mein, Armin, also der Franz, so heißt der, wohnt da noch im Ostflügel. Die anderen von der Sippschaft haben die Häuser rundum, hinter der Mauer, die neben dem Schloss ist. Kleine Häuser haben die, wirklich, nur so 10 Zimmer oder so. Und Angestellte, die der bayerische Staat zahlt."

„Sie mögen die Königsfamilie nicht, Herr Kommissar?"

„Was heißt mögen? Einen hab ich g'mocht, des war der letzte König vor dem Franz, sein Vater, in den siebziger Jahren. Albrecht hat er geheißen, der Wittelsbacher Thronfolger um die Zeit. Der is immer mit einer alten, ich mein, sehr alten Lederhose, einem weißen Hemd und einem grünen Janker in die Oper gekommen, wenn die Festspiele eröffnet wurden. Gefahren hat er einen alten Steyrer Puch, grün. So einen Geländewagen, wie man den im Gebirge hat. Und einen grünen Hut hat er aufg'habt, mit einer Feder drin. Wie ein Jäger hat er ausg'sehn."

„Und des war euer König?"

„Na ja, wenn er halt König geworden wäre. Was er ja nicht ist. Der hat auch mal versucht, eine Partei zu gründen, die 'Königstreuen' oder so. Hat's aber nie geschafft, ins Parlament zu kommen. Wir mögen unseren König schon noch, aber die sollen sich lieber raushalten aus der Politik. Sollen ihr Schloss genießen und sich freuen, dass sie in Rente gehen, sobald sie geboren worden sind. Wär das nicht auch was für uns, Armin? Da wirst geboren, bekommst einen Namen, oder zwanzig Namen in diesem Fall, und den Rentenbescheid, alles zur selben Zeit. Wenn'st dann alt genug bist, dass des kapierst, und dich jemand fragt, was du denn einmal werden willst, so im Leben, sagst ganz einfach 'Rentner'."

Der Kommissar musste ein wenig in sich hinein lächeln, als er den Armin ansah, der nur den Kopf schütteln konnte.

Sie fuhren langsam über den Nymphenburger Kanal, der nur geschaffen worden war, um die ums Schloss herum installierten Brunnen mit Wasser zu versorgen.

„Ein Wassergraben, fast zwei Kilometer lang, den die von der Würm in Pasing abgegraben haben", erklärte der Kommissar. „Und des vor zweihundert Jahren. Da müssen die ganz schön geschaufelt haben, für den ihren König."

„Ja, das waren noch Zeiten. Ich meine, mit Handarbeit und so", erwiderte Armin.

„Da drüben links ist dann der Botanische Garten, den hat man gebaut, damit die im Schloss auch immer schöne Blumen haben. Weißt eh, ohne Grünzeug im Winter kannst schon fast einpacken. Das haut auf's Gemüt, und das wollte man nicht. Jedenfalls nicht beim König. Wer weiß, was der alles gemacht hätte, wenn er schlechte Laune g'habt hätt."

Armin fuhr langsam die Verdistraße nach Osten, in Richtung Autobahn. Das Navi gab ständig Anweisungen, wie er zu fahren habe.

„Wenn jetzt dieses Navi mich noch länger nervt, Armin, muss ich von meiner Schusswaffe Gebrauch machen!"

„Herr Kommissar, Sie haben doch gar keine Waffe."

„Aber mir steht eine zu, und das nächste Mal bring ich die mit. Kann man des eigentlich auch ausschalten?"

„Kann man. Dann finden wir aber den Hof nicht."

„Haben die in Augsburg gewusst, wo das ist?"

„Haben sie, und deswegen hab ich die Koordinaten hier eingegeben, und so Gott – oder die Frau, die da hinter dem Navi sitzt – will, werden wir ihn auch finden."

„Na, da bin ich aber froh, dass wir die Frau haben. Kommen nicht ohne Frauen aus heutzutage. Warum kann das eigentlich nicht ein Mann sein, der da die Anweisungen gibt? Klänge doch viel besser."

„Das ist Ihre Meinung, Herr Kommissar, aber die großen Denker unserer Zeit, die sich das ausgedacht haben, waren scheinbar anderer Meinung."

„Die großen Denker, dass ich nicht lach! Da wird einer daheim erzählt haben, dass man jetzt eine Stimme einbaut in so ein Navi, die einem sagt, wo es lang geht, und da hat die Frau beim Abendessen g'sagt: 'Mach aber sicher, dass des eine Frau ist, die da spricht. Auf Männer hören wir ja schon überhaupt nicht. Da würden nur die Kinder erschrecken, wenn da so ein Mann spricht!'."

„Kann natürlich auch so abgelaufen sein, wer weiß."

Auf halbem Weg zwischen der Autobahnauffahrt und ihrem Ziel, dem ehemaligen Pferdehof, stand an der südwestlichen Seite der Straße eine kleine Kapelle.

„Schau mal da drüben, Armin. Da, auf der anderen Seite, die Kirche mit dem Zwiebelturm. Da hat einmal einer, in den siebziger Jahren, glaub ich, war das, eine Kamera auf dem Parkplatz da aufgebaut und jeden Tag, um dieselbe Zeit, immer ein Bild gemacht, von der kleinen Kirche dort. Jeden Tag. 365 Tage, 365 Bilder. Dann hat er sie alle in einem Buch verewigt. So hat man gesehen, wie die Kirche sich jeden Tag in einem anderen Licht zeigt. Die schönsten Bilder hat's auch als Kalender gegeben. Für jeden Monat eins."

„Interessant. Finde ich eine gute Idee."

„Ja, war ganz gut. Meine damalige Freundin, die Irmi, die war ganz verrückt darauf. Hat die Bilder sogar ausg'schnitten und an die Wand geklebt. Mit Tesafilm. Richtig tapeziert hat's die Wand damit. Die war a bisserl religiös, weißt. Deswegen auch die Kirchentapete. Hat auch jedes Jahr eine Wallfahrt gemacht. Nach zweimal Altötting hab ich sie davon überzeugen können, dass Andechs erstens nicht so weit ist und zweitens auch als Wallfahrtsort gilt. Ich mein, um Buße zu tun. Sie hat allerdings gemeint, ich würde das nur sagen, weil die ein gutes Bier haben.

Aber das wär eine glatte Verleumdung, hab ich ihr gesagt. So was würde ich nie machen, nur wegen dem Bier mein Seelenheil aufs Spiel setzen, hab ich ihr g'sagt. Auf der anderen Seite, hab ich g'meint, – und des stimmt ja – dass des ja Mönche sind, die das Bier brauen. Kann also nicht schlecht sein, in Bezug auf bereuen und so. In dem Jahr sind wir also statt nach Altötting nach Andechs gefahren. Mit dem Bus. Von Starnberg aus. Heimwärts hab ich dann nicht mehr gewusst, wo es lang geht, und ich glaub, die Irmi hat mich irgendwie heimgebracht. Dann hab ich nichts mehr von ihr gehört. Meine Freunde haben mir später erzählt, dass die Irmi ganz sauer war, weil ich ständig stehengeblieben bin um, na ja, weißt schon, Wasser abzulassen. Nach vier Maß Bier geht das nicht anders. Einen großen Spektakel müssen wir damit aufgeführt haben. Ich selbst kann mich an nichts erinnern. Wie ein schwarzes Loch war das. So vorbei, am Eventhorizont, gleich rein in das schwarze Loch, wenn'st weißt, was ich mein. Ein paar Wochen später haben wir uns zufällig in der Straßenbahn getroffen, die Irmi und ich, und da hat sie mir, vor all den Leuten, gesagt, ich wär eine Sau. Ich meine, damals sei ich eine richtige Sau gewesen, auf dem Weg von Andechs nach Hause, und das könne sie nicht haben. Das war die Geschichte von der Irmi. Sonst war sie eigentlich ganz nett. Bisserl religiös vielleicht, aber nett."

Den Rest der Fahrt verbrachten sie damit, der Musik zu lauschen, die aus dem Radio kam. Bayern 1 dieses Mal, Musik aus den fünfziger und sechziger Jahren. Zum Mitsingen. Jedenfalls für den Kommissar.

„Nach so was haben Sie damals getanzt, Herr Kommissar?"

„Ja, haben wir. Wie die Teufel. Das heutige Zeug verstehe ich nicht. Alles Englisch und noch dazu in einem Englisch, das wahrscheinlich die Amis nicht einmal verstehen. Früher, da haben wir immer versucht, die Texte zu übersetzen, bis wir rausg'funden haben, dass die mindestens so primitiv und blöd waren wie die deutschen Texte. Dann haben wir das g'lassen. Außer in der Schule. Im Englischunterricht. Da haben wir das machen müssen."

„Texte übersetzen, von irgendwelchen Liedern?"

„Ja, klingt dumm, war aber so. Der Lehrer, Zimmer oder Wimmer oder so ähnlich hat er g'heißen, war ganz verrückt auf Elvis und 'Little Richard' und wie die alle hießen. Von den Beatles oder den Stones hat er nichts g'halten. Die, hat er g'meint, gibt's ein paar Wochen und dann weiß keiner mehr, wer die waren. Ein paar Wochen. Hat er ja nicht recht gehabt, der Herr Englischlehrer, oder?"

„Den haben's nicht gemocht, hab ich recht?"

„Wenn du dauernd eine fünf hast, magst du dann deinen Lehrer?"

„Und nun singt uns Gitte eines ihrer schönsten Lieder von 1966", kam es aus dem Radio.

„Sie haben Ihr Fahrtziel erreicht", sagte da die weibliche Stimme hinter dem Navi und unterbrach damit den so lange erwarteten Auftritt von Gitte. Man würde es nachholen müssen.

Kapitel 26

Sie waren am Reiterhof angekommen. Ein notdürftig errichteter Zaun begrenzte das Areal. Krumme Pfosten alle 5 oder 6 Meter, dazwischen roh behauene Fichtenstämme mit groben Nägeln seitlich daran befestigt. Innerhalb dieses Bereichs standen Wohnwagen aller Größe und Couleur. Rote, weiße, blaue und Wagen in undefinierbarer Farbe waren überall herum abgestellt. So wie man gerade kam und parkte, mit der Absicht, den Wagen irgendwann einmal später richtig hinzustellen; was man dann aber nie gemacht hat. Namen waren auf den Wagen, alle erdenklichen Namen von vergangenen Zirkuszeiten, von einer Epoche, die genauso vergangen schien wie die Wagen. Was müssen das einmal schöne Gefährte gewesen sein?! Was sie alles versprachen, wenn sie durch die Stadt fuhren und damit anzeigten, dass der Zirkus wieder hier war. Lange war es her. Nun standen sie, teilweise auf Ziegelsteinen, und warteten auf ihr Ende.

Das Haupthaus war ein alter Bau vom Anfang des letzten Jahrhunderts. Das Erdgeschoss war aus groben Steinen gebaut, angemalt in weißer Farbe, die jedoch an den meisten Stellen schon lange abgeblättert war. Teilweise blickte der graue Putz durch die dürftig gestrichenen Wände. Der daraufgesetzte Stock war aus Holz. Holz, das dunkelgrau geworden war, da sich niemand darum gekümmert zu haben schien. Mit einem baufälligen Balkon, der die gesamte Breite des Hauses einnahm. Es sah fast so aus, als würde der

Balkon mit seinem Gewicht das Haus nach vorne kippen. Quer zum Haupthaus stand die Scheune, die wohl auch als Pferdestall gedient hatte. Wie viel davon noch benutzt wurde, war auf Anhieb nicht zu erkennen. Neben der Scheune ein Pferch, der nur von den Pferdeboxen aus zugänglich war. Man öffnete die Tür in der Box und das Pferd hatte seinen Auslauf.

Ein alter Mann stand am großen Schiebetor, das den Eingang zum Stall bildete. Er wusch seine Gummistiefel mit einem Schlauch, aus dem spärlich Wasser floss. Gekleidet war er mit einer schmutzigen braunen Hose und einem nicht minder verdreckten blauen Wollpullover. Auf dem Kopf hatte er einen braunen Hut, der zwar in allen Farben glänzte, aber sicher irgendwann einmal braun gewesen war. Sein Gesicht war unrasiert. Nicht der gepflegte Zwei-Tage-Bart, den man heute so gerne trägt, nein, das war schon ein Wochenbart. Und der Mann hatte so viele Falten im Gesicht, wie die meisten Leute am ganzen Körper. Das war wahrscheinlich auch der Grund, sich nicht zu rasieren. Es musste Stunden dauern, in all die Falten reinzukommen. Und die zwei oder drei Kinns, die er hatte, waren sicher auch nicht hilfreich, die Prozedur zu verkürzen.

„Grüß Gott!", sagte der Kommissar, als er aus dem Auto gestiegen war. „Wir suchen Herrn und Frau Morelli."

Dabei ging er langsam, so gut es ging den Schlamm vermeidend, der den Boden bedeckte, in Richtung des Mannes, der trotz der Frage nicht von seiner Tätigkeit abließ.

„Fragen Sie im Haus", war die kurze Antwort.

Nicht nur hatte er einen schrecklich ungepflegten Bart, er hatte auch noch Zähne, die zu seinem Aussehen passten. Die letzten Stumpen, die man sah, waren von dunkelbrauner Farbe. Es waren derer wenige, im Ganzen zwei oder drei, die man noch sah, wenn er sprach. Jemand also, der sichtlich nicht sehr viel von sich selbst hielt.

Das Haus war offen. Es gab keine Klingel oder irgendein anderes Utensil, das man hätte benutzen können, um auf sich aufmerksam zu machen. Also ging man einfach hinein. Kaum im Haus, kam jemand aus einem der Zimmer, die links und rechts vom Gang angeordnet waren.

„Was kann ich für Sie tun, meine Herren?", fragte eine Frau in einem dunkelblauen Overall, roten Lederstiefeln und grünem Kopftuch. Sie stand mit ihren Fäusten auf die Hüften gestemmt und sichtbar schwitzend vor ihnen.

„Wir wollten mit Herrn und Frau Morelli sprechen. Kommissar Wengler, Kriminalpolizei München, und das ist Armin Staller, mein Assistent."

„Kriminalpolizei. Aha, haben die normalerweise nicht einen Ausweis oder so?"

„Ja, die haben einen Ausweis oder so."

Kommissar Wengler und Armin zogen ihre Ausweise heraus und präsentierten sie der Frau, die sie angestrengt begutachtete.

„Treibt sich ein ziemlich schlimmes Gesindel hier rum. Muss man aufpassen."

„Ich hoffe, wir sehen nicht aus wie Gesindel."

Sie sah die beiden angestrengt an.

„Sie müssten eigentlich am Besten wissen, dass man nach dem Aussehen nicht gehen kann."

Damit ging sie an den beiden vorbei und war auf dem Weg nach draußen. Kurz vor der Tür drehte sie sich noch einmal um und sagte:

„Zweite Tür rechts. Gleich da vorne."

Zweite Tür rechts. Der Kommissar klopfte.

„Herein, wenn's keiner is, der Geld will", kam es zurück. Der Kommissar öffnete die Tür. Das erste was auffiel, war ein Bett an der rechten Wand, fein säuberlich mit einer bunt bestickten Decke bedeckt. Links davon, auf der anderen Seite des Zimmers, standen eine Couch, ein kleiner Tisch und ein Sessel. Der Boden war mit einem Tigerfell belegt. Auf der Couch saß eine Frau, die gerade versuchte, etwas zu stricken. Auf dem Sessel ein Mann, der intensiv in eine Zeitung vertieft war.

„Morelli?" fragte der Kommissar, als er die Tür geöffnet hatte und hineinblickte.

„Ja, und wer will das wissen?", antwortete die Frau, die kurz von ihren Stricksachen aufblickte.

„Kommissar Wengler, und das", wobei er auf Armin zeigte, der es geschafft hatte, sich in der Tür neben dem Kommissar zu platzieren, „ist mein Assistent, Armin Staller. Wir sind von der Kriminalpolizei in München und wollten mit Ihnen reden."

„Über?"

„Was meinen Sie, 'über'?"

„Ja, über was wollen Sie mit uns reden?"

„Ach ja, über Roman Merz."

Der Mann, der scheinbar Herr Morelli war, hatte während der ganzen Zeit nicht einmal seinen Blick von der Zeitung erhoben. Bei dem Namen Merz allerdings sah er auf, legte seine Zeitung sorgfältig zusammen und sah den Kommissar an.

„Setzen Sie sich, am besten aufs Bett. Wir sind hier nicht auf Besuch eingerichtet, also muss das gehen", sagte der Mann. „Ich bin Francisco Morelli, das ist meine Frau Marie", wobei er mit dem Kopf Richtung seiner Frau wies.

Der Kommissar und Armin machten es sich auf dem Bett bequem. Der Kommissar übernahm das Wort.

„Wir wollen nicht lange stören, also kommen wir gleich zum Punkt. Herr Merz hat bei Ihnen gearbeitet, bevor er zum Zirkus Tropkow kam. Nach dem Feuer, meine ich. Wissen Sie, was er vorher gemacht hat, der Herr Merz, bevor er zu Ihnen kam?"

„Warum fragen Sie ihn das nicht selbst?"

„Weil er uns das scheinbar nicht sagen will. Die nächste Frage ist, wann er Sie das letzte Mal besucht hat."

Herr und Frau Morelli sahen sich gegenseitig fragend an. Dann fing Herr Morelli an zu reden.

„Zuerst die zweite Frage. Er war am letzten Sonntag und Montag hier. Er macht auf dem Weg vom Norden immer hier Halt. Er hat seinen Wagen dann immer da draußen geparkt, wir sitzen zusammen und reden."

„Er ist ein guter Junge, Herr Kommissar", warf Frau Morelli dazwischen.

„Er war beide Tage hier?"

„Ja, sein Auto war irgendwie nicht in Ordnung, da hat er am Montag noch jemanden angerufen und der ist gekommen und hat das gerichtet. Dann ist er noch am Montag nach München gefahren."

„Und er war die ganze Zeit hier auf dem Hof?"

„Ja, die ganze Zeit. Wir haben was zu essen gekocht, haben am Abend noch zusammengesessen und von den alten Zeiten geredet. Nichts Besonderes."

„Und zur ersten Frage?"

Herr Morelli musste scheinbar nachdenken. Oder er wusste einfach nicht, wo anfangen.

„Das war vor fünf oder sechs Jahren. Wir hatten einen Dompteur, für Löwen und Tiger, als das noch nicht so einen schlechten Ruf hatte wie heute. Gerhard hieß der, Gerhard Rausch. Es war ein wunderbarer Akt, der immer sehr viel Beachtung und Applaus bekam. Viele sind nur zu uns in den Zirkus gekommen, um das zu sehen. Der Gerhard hätte in jedem großen Zirkus arbeiten können, aber er wollte nicht weg von uns. Wir seien seine Familie, hat er immer gesagt. Und man verlässt seine Familie nicht. Eines Tages kam er zu uns und sagte, er habe einen Bruder, eigentlich Halbbruder, dieselbe Mutter, aber verschiedene Väter, der gerade aus dem Nahen Osten zurückgekommen ist. Vom Krieg. Er war dort irgendwie Söldner oder so. Er hat nie darüber geredet und wenn man ihn darauf angesprochen hat, ist er immer ausgewichen und hat von etwas ganz Anderem angefangen."

Herr Morelli machte eine kurze Pause, scheinbar um nachzudenken.

„Er suche Arbeit, meinte Gerhard, und wäre ein guter Mann, allerdings schwer geschädigt von diesem Krieg. Er habe zu viel gesehen, zu viele Tote, zu viel Leid, zu viel von allem. Man müsse viel Geduld haben mit ihm und er würde dafür sorgen, dass alles gut ginge."

Wieder eine kleine Pause. Er war ein alter Mann, der Mühe hatte, seine Gedanken zu ordnen. 'Wir alle werden irgendwann einmal dort sein', dachte sich der Kommissar und wartete geduldig auf die Fortführung.

„Auch ich war im Krieg, damals, noch als Junge, bei der letzten Reserve. Ich wusste also, wovon er sprach. Wir haben mit ihm geredet und ihn dann als Hilfe eingestellt. Als Helfer für den Gerhard, meine ich. Der Gerhard hatte dann eines Tages einen schweren Unfall. Eines seiner Tiere ist auf ihn losgegangen und hat ihn in den Kopf gebissen. Bis der Roland bei ihm war – mit Feuerlöscher und Wasser und so, wie man das eben macht – war es zu spät. Der Roland konnte nichts dafür, es war nicht seine Schuld, aber von dem Zeitpunkt an, hat er nicht mehr viel geredet. Der Gerhard ist eine Woche später an den Folgen gestorben. Wir haben die Tiere verkauft und den Akt abgeschafft. Es gab keine Dressurakte mehr mit Löwen und Tigern. Damit ging aber auch unsere Besucherzahl zurück. Es ging dem Zirkus nicht gut, damals.

Wir hatten große Probleme und mussten jedes Jahr damit rechnen, zu schließen. Alle unsere Ersparnisse, die wir auf die Seite gelegt hatten, für die Zeit, wenn wir nicht mehr arbeiten können, waren verbraucht. Wir haben zusammengesessen, an diesem Abend, und haben beratschlagt, was wir machen. Wir wussten nicht mehr, wie es weitergehen sollte."

Mittlerweile hatte Herr Morelli seine Hände auf den Schoß gelegt, seinen Kopf nach vorne gedreht und schaute auf den Boden. Man sah, dass es ihm schwer fiel, darüber zu reden. Es Erinnerungen waren, die er nicht unbedingt wieder hervorholen wollte.

„Ich hatte schon Plätze für die meisten unserer Akrobaten gefunden, den Robert Buchner, den Clown, zum Beispiel, konnten wir beim Karl unterbringen, den haben Sie sicher schon getroffen. Auch den Sigmund Korbel, den Zauberer. Und die anderen eben bei anderen Zirkussen. An demselben Abend noch, an dem wir beratschlagten, was werden sollte, gab es ein schweres Gewitter. Geblitzt und gedonnert hat es, als würde sich die Erde öffnen. Obwohl wir einen Blitzableiter hatten und nie etwas passiert war, schlug an diesem Abend ein Blitz ins Zelt und alles ging in Flammen auf. Wir waren Gott sei Dank versichert und wenn es etwas Gutes gibt, in solch einer Katastrophe, war es die Versicherung. Damit haben wir jetzt ein kleines Auskommen und müssen nicht auf der Straße leben."

„Das könnte man ja fast als Glück im Unglück bezeichnen", meinte der Kommissar.

Das war es also. Er hatte ihnen geholfen. Er hatte wahrscheinlich den Blitzableiter außer Kraft gesetzt und so ein persönliches Drama verhindert. Ob sie davon wussten? Macht es einen Unterschied? Er wollte nicht weiter darauf eingehen. Warum irgendwelche Steine umdrehen, wenn man nicht weiß, was darunter verborgen ist. Niemand wurde wirklich geschädigt.

„Wissen Sie sonst noch etwas über den Zirkus Tropkow? Ich meine, irgendwas, was uns weiterhelfen könnte? Ich habe den Eindruck, dass die Zirkusgesellschaft eine Gruppe von Menschen ist, in die niemand hineinkommt, der nicht dazu gehört. Nur das bringt uns nicht weiter. Wir müssen einen Mord aufklären und da ist es nebensächlich, zu welcher Gruppe die Person gehört. Vor dem Gesetz sind alle gleich."

„Sind sie das? Wirklich, sind sie das? Leben Sie mit uns für ein paar Wochen, gehen Sie dorthin, wo wir hingehen, lassen Sie sich verachten, wie wir verachtet werden, und dann fragen Sie noch einmal."

„Sie haben sich dieses Leben ausgesucht, Herr Morelli. Sie sind das, was Sie aus sich machen. Kein anderer ist dafür verantwortlich, außer Sie."

Stille war eingekehrt. Frau Morelli hatte aufgehört zu stricken und Ihrem Mann zugehört. Bis zu diesem Zeitpunkt hatte sie nichts gesagt. Sie holte tief Luft und legte ihre Hände in den Schoß.

„Wie der Roman das letzte Mal hier war..."

„Nicht, Marie, das geht die wirklich nichts an."

„Doch, Francisco. Der Roman hat nichts getan und das müssen wir dem Kommissar sagen. Ich glaube, er meint, dass der Roman was mit dem Mord zu tun hat, aber das hat er nicht. Das weißt du so gut wie ich, und auch der Kommissar sollte es wissen."

In der Hierarchie einer Zirkusfamilie, besonders einer italienischen, auch wenn das schon einige Generationen zurücklag, war die Frau normalerweise nicht diejenige, die das Wort führte. Jedenfalls nicht in der Öffentlichkeit. Es war also sehr erstaunlich und scheinbar sehr wichtig für Marie Morelli, dass sie das Wort ergriff.

„Also, wie der Roman hier war, am Montag, hat er einen Anruf bekommen. Er sagte uns, es war eine Frau, die er nicht kenne und die ihm gesagt hat, dass sie gehört hat, dass jemand dem Karl eine CD geschickt hat. Wenn das bestimmte Leute herausfinden, kann es sein, dass er und der Karl Probleme bekommen. Sie würde empfehlen, mit dem Karl darüber zu reden. Und dann hat sie aufgelegt. Wir haben ihn gefragt, was das soll, aber er wusste es nicht. Obwohl ich das Gefühl hatte, dass er mehr wusste, als er uns erzählen wollte. Dann hat er versucht, den Karl anzurufen, mehrmals, vergeblich. Wenn aufgebaut wird, schaltet der meistens sein Telefon aus, damit man zügig arbeiten kann. Er hat sich also nicht gewundert, dass er ihn nicht sprechen konnte. Dann hat er gesagt, er muss nach München, noch in der Nacht. Es wäre wichtig, das sofort zu lösen, das Problem. Ich hab ihm gesagt, das hat doch Zeit bis morgen, aber nein, meinte er. Es muss heute sein."

„Wann war das, Frau Morelli?", fragte Armin, der bis dahin still dabeigesessen hatte.

„Ich würd sagen, so gegen 11 Uhr nachts oder so."

„Und dann?", fragte der Kommissar.

„Ja, dann hat er unser Auto genommen, weil er gemeint hat, er möchte nicht mit seinem fahren. In der Nacht wär das nicht so gut, wenn man nicht weiß, was los ist mit dem Auto. Also ist er losgefahren. Zwei Stunden später war er wieder da und hat gesagt, dass er mit dem Karl nicht hat reden können, weil der schon tot war. Er wäre ins Zelt gekommen und da war der Karl gelegen und hat sich nicht mehr gerührt. Dann ist er wieder hier raus gefahren und wir haben noch lange Zeit zusammengesessen und beratschlagt, was wir machen sollen. Er meinte, dass er der erste wär, den man verdächtigen würde und dass es besser wär, wir würden niemandem sagen, dass er in München war. Das ist alles."

Der Kommissar sah Armin an. Beide verstanden, dass das nicht alles war, aber alles, was Frau Morelli sagen würde.

„Gibt es sonst noch etwas, was Sie uns sagen könnten? Vielleicht zum Verhältnis der Leute untereinander in der Gruppe."

„Ja, da gibt's eigentlich nicht viel zu sagen", meinte Herr Morelli, der nun wieder die Kontrolle über das Gespräch übernehmen wollte.

„Der Karl hatte die Hosen an, das wusste jeder. Das einzige war, dass sich der Roman und der Antonio überhaupt nicht verstanden haben, weil der Antonio gedacht hat, dass der Roman da nicht rein passt.

Aber das war auch schon alles. Der Antonio meinte immer, dass der Roman kein Zirkusmensch sei. Warum auch immer. Er traute ihm nicht, irgendwie."

Dann war alles stumm. Man hörte nur noch die Geräusche, die von außen eindrangen. Geräusche der Natur, die es immer gibt, die wir nur manchmal nicht mehr wahrnehmen. Vögel, besonders Vögel, geben der Welt eine Geräuschkulisse, die man sich nicht wegdenken kann. Es gibt Gegenden auf der Welt, in die Vögel nicht mehr zurückkommen. Dort können auch Menschen nicht mehr leben. Die Vögel gehen zuerst.

„Sie haben hier ein gemütliches Zimmer. Wie kam das eigentlich dazu, dass hier ein Zirkus-Altersheim ist?"

„Gute Frage, Herr Kommissar", sagte Herr Morelli, der nun wieder vollständig das Kommando übernahm.

„Es war ein Pferdehof, der vor langer Zeit in Konkurs gegangen ist. Ein Hubert Zarussi hat dann den Hof gekauft, um seine Wagen hier unterzustellen. Vom Zirkus Zarussi. Dann, als er alt wurde, der Hubert, ist er eines Tages nicht mehr losgefahren, sondern ganz einfach hier geblieben. Es hat sich herumgesprochen, dass er Zirkusleuten, die nicht wissen, wohin, eine Bleibe geben möchte. Es kostet nicht viel, man muss, so gut es eben geht, etwas für den Hof machen, aber ansonsten lässt er einen in Ruhe."

„Der Herr Zarussi lebt noch?"

„Aber ja, Sie werden ihn sicher treffen, wenn Sie rausgehen. Er hat immer eine braune Hose an, einen blauen Pullover und einen braunen Hut auf."

„Dann haben wir ihn schon getroffen, glaub ich. Interessanter Mann. Und warum stehen hier noch all die Wagen?"

„Weil wir oft in diesen Wagen übernachten", sagte Frau Morelli. „Wir haben unser ganzes Leben in dem Wagen dort draußen verbracht, da ist es schwer, sich an ein Zimmer mit richtiger Decke zu gewöhnen. Wenn es regnet, hören wir nicht die Tropfen auf das Dach trommeln und das vermissen wir sehr. Deswegen gehen wir meistens dort in den Wagen, wenn wir nicht schlafen können."

„Interessant. Wirklich interessant. Man ist, wie das Leben einen macht."

Damit stand der Kommissar auf, was auch Armin dazu brachte, sich zu erheben.

„Wir danken Ihnen beiden für das Gespräch. Bleiben Sie ruhig sitzen, wir finden unseren Weg alleine."

Herr Morelli nahm sich wieder seine Zeitung vor, Frau Morelli ihre Stricksachen. Beide versanken in das, was sie vor dem Besuch gemacht hatten, als hätte es keine Unterbrechung gegeben. Als wäre die halbe Stunde, die man geredet hat, nicht vorhanden gewesen. Vielleicht war sie auch nicht vorhanden, für zwei alte Leute, die scheinbar mit ihrem Leben schon abgeschlossen hatten.

Draußen angekommen, sagte der Kommissar zu Armin: „Erstens müssen wir herausfinden, was es mit dieser Fahrt nach München auf sich hat, und zweitens müssen wir die von der KTU fragen, ob das sein kann, dass der Lautermann für sechs Stunden da gelegen hat."

Damit gingen sie zum Auto.

„Findest du den Weg nach München alleine, Armin, oder brauchst du wieder diese Frau hinter dem Navi?"

„Herr Kommissar, zurück ist es einfacher."

„Gut, dann kannst auf dem Heimweg im Hirschgarten stehen bleiben. Das ist auf dem Weg. Die haben einen guten Rehbraten dort und den werden wir uns jetzt genehmigen. Auf Staatskosten, versteht sich."

„Hirschgarten ist jetzt natürlich was anderes, Herr Kommissar. Wo's da hingeht, weiß ich nicht."

„Aber ich, Armin, und deswegen bleibt die Frau aus, sonst kannst den Rehbraten vergessen und dir ein sogenanntes Sandwich holen."

Kapitel 27

Es war spät geworden, im Hirschgarten. Als man sich in die Wirtschaft setzte, waren nur noch Plätze an einem langen Tisch frei, an dem Asiaten saßen.

„Japaner wahrscheinlich, jedenfalls Asiaten", wie der Kommissar feststellte, als er die Leute sah. „Die kann ja kein Mensch auseinanderhalten, die sehen doch alle gleich aus."

„Das geht denen genauso, Herr Kommissar. Ich hab gelesen, dass die uns auch nicht auseinander halten können."

„Na, dann haben wir ja etwas gemeinsam."

Der Kommissar ging an den Tisch und fragte höflich, in einer Art hochdeutschem Bayerisch, ob denn noch Platz sei. „An dem Tisch hier", wobei er auf die freien Plätze zeigte.

Die 'Japaner' lächelten nur stumm und sahen sich gegenseitig an. Das nahm der Kommissar als Aufforderung, sich dorthin zu setzen.

Die Franzi kam. „Ja, is des jetz' wahr oder nicht, lässt sich der Herr Kommissar auch wieder mal blicken."

„Franzi, des is der Armin, mein Assistent. Jetz' bring uns amal a g'scheits Bier und was zum Essen. Weißt eh, an Rehbraten. Der Armin kennt euern Rehbraten noch nicht, also gebt's euch Mühe, damit er einen guten Eindruck mitnehmen kann. Sonst kommt er vielleicht nicht mehr."

„Ja, und des würd uns des Kreuz brechen."

Wie einmal vor mehr als zweihundert Jahren angefangen, war der Hirschgarten noch immer ein ein-
gezäuntes Gelände. Damals, als man das Gebiet ab-
sperrte, tat man das in der Absicht, dem Adel Gelegenheit zu geben, ein Reh oder einen Hirsch zu schießen, ohne weit laufen oder lange auf einen warten zu
müssen. Bewegung und die mit dem Jagen verbunde-
nen Unannehmlichkeiten waren nicht Teil des Le-
bensstils jener Gesellschaft. Also brachte man das zu
jagende Gut so nahe wie möglich zu ihnen. Diese Tradition der Zucht des Rehwildes wird auch heute noch
weiterverfolgt, mit dem Ergebnis, dass Reh oder
Hirsch die Spezialität des Hauses ist. Der einzige Unterschied zu damals ist, dass es erstens jetzt auch einen Biergarten gibt und zweitens, auch das normale
Volk dort einkehren kann.

Für den Biergarten war es noch zu kalt, aber die
Wirtschaft blieb das ganze Jahr über offen. Und im
Gasthof war es gemütlich warm. Man bekam so richtig Durst. Der Geruch von hausgemachtem Essen trug
das Seinige zur guten Stimmung bei. Man freute sich
auf ein Bier und ein warmes Stück Rehfleisch. Mit
Kartoffelknödel. Und Preiselbeeren.

„Ja, der Kommissar. Ich kann's ja gar nicht glauben. Warst ja lang nicht da. Wo hast dich denn immer
rumtrieben? Beim Augustiner wahrscheinlich."

„Die Franzi war einmal Bedienung im Augustiner,
deswegen kennen wir uns schon lang", sagte der
Kommissar zum Armin.

„Kennen uns schon lang. Ja bist denn deppert? Wir kennen uns schon seit einer Ewigkeit. Aufg'wachsen sind wir miteinander. Drunten, in Sendling. Räuber und Gendarm haben wir immer gespielt und der Herbert wollte schon damals immer der Gendarm sein. Nie Räuber. Er hat g'meint, die Räuber kriegen immer eins drauf und da wär man auf der falschen Seite. Er wär lieber der, der drauf gibt. Wissen's eh, Herr Armin."

„Ja, Franzi, jetz' reicht's. Bring uns jetz' a Bier und was zum Essen."

„Und macht's mir die Koreaner net verrückt. Die sind hier auf so einer Konferenz und jetz' haben die einen Nachmittag frei und gehen zum Saufen. Die werden sich schön umschauen, die dürren Spargel, die. In die passt doch nix rein. Die fallen doch schon um, wenn'st die Tür aufmachst und der Wind geht rein."

„Dann gib denen doch nichts mehr."

„Herbert, die können doch saufen, bis es denen aus den Ohren raus läuft. Des is doch mir egal. Hauptsach is, die Kasse stimmt."

„Also doch keine Japaner, Herr Kommissar", sagte Armin, „Koreaner."

„Aber aussehen tun's wie Japaner. Außerdem ist mir des egal, wo die herkommen. Was stehst jetz' da rum, Franzi? Hast nix zum tun?"

„Geh eh schon, Herr Oberhauptkommissar", sagte sie mit nicht wenig Spott in der Stimme.

„So, Sie sind mit der aufgewachsen, da unten in Sendling?"

„Ja, Armin. Des war eine ganz Besondere. Keiner hat mit der spielen dürfen. Des waren Flüchtlinge aus dem Osten und die hat man da bei uns in der Gegend einquartiert. 'Geh nicht dahin', hat meine Mutter immer gesagt, 'die haben Flöhe und sonst noch ganz andere Sachen, die du dann mit nach Hause bringst.' Wir haben die mögen, die Franzi. Die hat immer so verrückte Ideen g'habt und es ist nie langweilig geworden mit der. War schon als Kind ziemlich durchtrieben. Ihr Onkel, der bei denen gewohnt hat, hat nur noch ein Bein gehabt. Vom Krieg. In Russland war der. Den haben wir immer tratzt, ich mein, geärgert, wie man so sagt. Der arme Kerl hat ja nicht rennen können, also sind wir immer hin, haben was zu dem gesagt, was ihn wütend gemacht hat und wenn er uns dann eine runterhauen wollte, sind wir ganz einfach davon. Nur seine Krücke hat er uns immer nachg'schmissen. Dann hat die Franzi sie immer wieder zurückbringen müssen. Und oft die Prügel für uns eing'steckt."

„Des war ja nicht so schön von euch."

„Armin, des war halt so. Aber der Onkel hat auch was Gutes gehabt. Der hat sich damals ein Auto gebaut, ganz allein, aus Teilen, die er so gefunden hat, auf dem Schrottplatz oder in der Stadt, die ja nach dem Krieg noch nicht so aufgeräumt war wie heute. Alles war ja rumgestanden, überall. Das Meiste waren ja Ruinen oder große Schutthaufen. Dazwischen ist alles Mögliche herumgelegen, auch Sachen, die man als Kind am Besten nicht hätt sehen sollen. Na ja, der hat sich also Reifen von einem Auto, die Achsen von einem anderen, den Motor wieder von einem anderen, und so, genommen. Hat ewig gedauert, bis des zusammen war. Wir waren meistens dabei und haben zug'schaut. Und des Ding ist auch wirklich gefahren, man kann es nicht glauben. Hat keine Türen und auch kein Dach gehabt, aber zwei Sitze und eine Sitzbank hinten. Ausgeschaut hat des wie ein englischer Sportwagen. Na ja, fast jedenfalls. Es hat ja keine Autos gegeben, damals, außer denen von den Amis. Von der Militärpolizei, die immer rumg'fahren is, da in unserer Gegend. Wir Kinder haben dann, wie des fertig war, immer eine Runde um den Block mitfahren dürfen. Des war meine erste Autofahrt. In einem Cabriolet."

„Dann war er doch ein guter Mensch, dieser Onkel, wenn er euch mitgenommen hat, obwohl ihr nicht so nett wart mit ihm."

„Des waren eben die Zeiten, Armin."

Die Koreaner fielen einer nach dem anderen mit dem Kopf auf den Tisch und in einen Tiefschlaf. Die noch wach waren, sprachen mit ihnen und versuchten, sie wieder aufzuwecken. Einer muss der Chef gewesen sein, da er immer nervöser wurde und der Franzi klarmachen wollte, dass sie jetzt ins Hotel müssten. Pausenlos zeigte er auf seine Uhr und auf die Karte vom Hotel, offensichtlich sein Zimmerschlüssel. Also hat die Franzi mehrere Taxis gerufen, die die ganze Gruppe nach und nach ins Hotel verfrachtet haben.

„Halten nichts aus, die Japaner", sagte der Kommissar.

„Koreaner, Herr Kommissar, Koreaner."

„Koreaner, Japaner, Chinesen, wer weiß schon den Unterschied?"

Kapitel 28

Der Montag fing an, wie der Sonntag aufgehört hatte. Das Wetter war, wie es im April zu erwarten war: unbeständig.

„Unbeständig nennen die das, Armin, unbeständig. Haben die im Radio gesagt, heute früh. Als gäb es was Beständiges am Wetter. Ändert sich doch pausenlos. Nur dass man sich im April auf nichts verlassen kann. Nicht einmal ein Tief haben die im April, so wie die Gertie letzten Sommer, die den halben August versaut hat. Gertie. So ein Schmarrn."

Armin Staller hörte sich das geduldig an und verbiss sich seinen Kommentar.

„Und hast des gelesen, das mit den Japanern gestern."

„Koreaner, Herr Kommissar. Nein, hab ich nicht. Was war denn?"

„Ja, die Koreaner, ist auch egal. Die haben gestern noch das Hotel demoliert, weil die Bar schon geschlossen war und es nichts mehr zu trinken gegeben hat. Dann haben die im Hotel die Polizei gerufen und gekommen sind die von der Botschaft. Haben alle mitgenommen, auf die Botschaft, mein ich, bevor die Polizei da war. Interessante Leute, diese Japaner. In der Zeitung steht, dass die heute noch alle nach Hause fliegen und sie wahrscheinlich kein nettes Empfangskomitee erwarten wird. Eher die Kollegen von der Polizei da drüben. Ja, musst halt schon wissen, was'd vertragen kannst. Sonst kann's bös ausschauen."

Der Kommissar schüttelte den Kopf und fing an, die Post auf seinem Schreibtisch zu sichten. Reklame vom Baumarkt, die üblichen Angebote vom Supermarkt, eine Einladung vom Polizeiverein zum Frühlingseinklangfest im Polizeisportverein, seine geliebte Süddeutsche, die Abendzeitung und ein weißes, flaches Päckchen ohne Absender.

„Herr Kommissar, wir haben Resultate aus der KTU. Es stimmt, es könnte sein, dass der Karl Lautermann bereits gegen 1 Uhr nachts tot war. Durch die Kälte in der Nacht, hat sich die Leiche dann sehr gut gehalten, meinte der Gruber. Genau kann er das aber nicht feststellen, dazu müsse er noch mehr untersuchen. Er wird uns anrufen, wenn er soweit ist."

Der Kommissar hatte mittlerweile auch seinen Anorak ausgezogen und es sich auf seinem Stuhl bequem gemacht.

„Hat er gemeint, der Gruber, so. Ich hab immer gedacht, das machen die automatisch, ich mein, den Todeszeitpunkt feststellen."

„Machen die auch, aber der Gruber hat gemeint, dass das Zeit hätte, weil doch jeder angenommen hat, dass es kurz vor dem Finden der Leiche passiert ist."

„Des hat vielleicht der Gruber gemeint. Ich werd bei Gelegenheit einmal mit ihm reden, dass der nicht so viel meinen soll, vielleicht mehr arbeiten und uns Fakten geben. Sonst mein ich einmal was, was ihm dann aber nicht gefallen wird."

Der Kommissar dachte nach. Wenn der Lautermann schon fünf Stunden vorher tot war, was ist dann zwischen seinem Ableben und dem Auffinden gewesen?

„Dann haben wir also ein Problem, Armin. Die Aussage, dass der Lautermann auf dem Bauch gelegen hat, wie der Cabrera sagt, als er ihn gefunden hat, und dann auf der Seite, als er mit der Frau Lautermann gekommen ist, kann ja dann nicht ganz stimmen. Oder jemand war zufällig genau zur selben Zeit, oder sogar mit dem Cabrera, im Zelt, als der Cabrera den Lautermann gefunden hat. Wer hat denn, außer dem Merz, noch gewusst, dass der Lautermann eine CD in der Tasche hat?"

„Keiner, ich meine, niemand konnte wissen, wo die CD ist, oder?"

„Ja, aber wenn du eine CD bekommst, die keiner sehen soll, wo würdest du denn die hin tun? In deine Jacke, oder nicht?"

„Dann muss der Merz jemanden angerufen und ihm gesagt haben, er solle beim Lautermann die CD suchen und sie ihm wegnehmen."

„Oder, was ich für viel wahrscheinlicher halte, der Cabrera war nicht alleine im Zelt, hat der zweiten Person gesagt, sie soll nach der CD suchen, solange er weg ist, die Frau Lautermann zu holen."

„Das wird es gewesen sein, Herr Kommissar. Genau. Jetzt müssen wir nur noch herausfinden, wer diese Person war."

„Oder noch besser, er war es selbst."

Das kleine Paket auf dem Schreibtisch hatte keine Adresse, nur den Namen 'Herbert Wengler', in fast kindlicher Schrift, mit blauem Filzstift geschrieben. Der Kommissar nahm das Päckchen in die Hand, drehte es mehrmals herum, um eventuell doch ein Indiz des Absenders zu finden. Allerdings erfolglos.

„Poststelle", klang es bestimmt, ernst und direkt im Hörer, als der Kommissar anrief, um herauszufinden, woher dieses Paket kam.

„Rudi, jetzt schrei net so, ich kann schon noch ganz gut hören."

„Ja, der Kommissar Wengler. Ja wie geht's denn, Herbert? Wir haben uns ja lange nicht gesehen. Wann war das? Ja, wenn ich jetzt so nachdenk, des wird zur Weihnachtsfeier gewesen sein, in der Waldwirtschaft."

„Ja, die Waldwirtschaft. Des Essen war net so gut, aber dafür hat wenigstens des Bier net g'schmeckt."

„Jetz' sei net so, Herbert, war net so schlimm. Nur die Berghammer Vroni, die is ja ausgerastet. Hast du des noch miterlebt, wie der Lochner mit der Graberin g'schmust hat? Also, die haben sich ja nicht zurückgehalten. Grad krachen haben die des lassen. Und dann is die Vroni kommen und hat der Graberin eine runterg'haut, dass die gleich über den Tisch is. Du kennst ja die Vroni, die bringt ja leicht ihre 120 Kilo auf die Waage. Und wenn die zulangt, da bleibt kein Auge trocken. Und keine Zähne mehr im Mund. Zwei haben's festhalten müssen, die Vroni, sonst wär noch was viel Schlimmeres passiert. Gut, dass die Polizei net weit weg war."

Beide mussten ein wenig lachen, als sie an den Vorfall dachten, der noch wochenlang die zwei Abteilungen beschäftigte, in denen die Beteiligten arbeiteten. Das Gute war, dass diese Abteilungen in verschiedenen Stockwerken lagen. Die Graberin musste tatsächlich zur Beobachtung ins Krankenhaus. Und dann später zum Zahnarzt.

„Polizei war doch vor Ort, Rudi. Ja, des hab ich noch gesehen. Der Lochner ist ja aus der Wirtschaft raus, als wär der wahrhaftige Teufel hinter ihm her gewesen. Na ja, wenn man des so bedenkt, die Vroni ist nicht viel ärger als der Teufel."

„Da hast schon recht, Herbert. Die is wirklich wie der Teufel."

„Ja, des war was. Aber jetz' hör zu, Rudi, ich hab da ein Paket bekommen, ohne Absender, nur mit meinem Namen drauf. Wisst ihr, woher des kommt?"

„Des kleine weiße, ja, des hat jemand an der Pforte abgegeben, so ein Radlkurier, weißt eh, die wie blöd mit dem Fahrrad durch die Stadt rasen und Briefe ausliefern. Manchmal nehmen die auch einen mit, ich mein fahren jemanden um. Regelrechte Rowdys sind des, da solltet's ihr euch mal drum kümmern. Die Postler haben zwar auch Räder, aber die rasen nicht, wenn'st weißt, was ich mein. Die lassen sich Zeit. Dauert a bisserl länger, macht aber nichts. Weil wenn'st was eilig brauchst, gibt's ja immer noch die Expressleute. Der Rupert von der Pforte hat mich gefragt, was er damit machen soll und ich hab ihm gesagt, 'Ich werd's dem Herbert ausliefern.' Wir haben's auch durch den Radar gelegt und da ist nichts drin, was gefährlich aussieht."

„Des ist kein Radar, Rudi, aber ich weiß schon, was du meinst. Nichts für Ungut. Schöne Zeit noch. Und vergelt's Gott."

Damit legte der Kommissar den Hörer auf und wandte sich an Armin.

„Armin, wir haben hier was. Was glaubst du, was das ist?"

Armin sah sich das Paket an, das der Kommissar in der Hand hielt und ihm zeigte.

„Kann man erst sagen, wenn man es aufmacht, Herr Kommissar."

„Genau, und das werden wir jetzt machen."

Damit öffnete er das Päckchen und fand eine CD, mit der Aufschrift, geschrieben in derselben krakeligen Schrift wie die Adresse: 'das ist es, was sie suchen'.

Der Kommissar öffnete die Plastikbox, in der man CDs aufbewahrt, und nahm die silbrige Scheibe heraus.

„Lies das mal auf dem Computer, Armin. Mal sehen, was da drauf ist."

„Kann ich nicht machen, Herr Kommissar. Das muss erst durch IT, wer weiß, was da drauf ist und was das mit meinem Computer macht."

„Wer ist denn IT?"

„Informationstechnik, Herr Kommissar. Das sind die Leute, die sicherstellen, dass wir auch morgen noch an einem Computer arbeiten können."

„Kein Wunder, dass ich die nicht kenne. Gut, dann geh da hin und mach das."

Armin nahm die CD und ging ins IT-Labor. Keine 10 Minuten später kam er wieder zurück.

„Jetzt schauen Sie sich das einmal an, Herr Kommissar."

Kapitel 29

Es dauerte nicht lange vom Kommissariat bis zum Zirkus auf der Theresienwiese.

„Armin, sag niemandem etwas von der CD. Wir wollen wissen, wie sich alles abgespielt hat und da ist uns das nicht sehr hilfreich."

„Schon verstanden, Herr Kommissar. Wen nehmen wir uns zuerst vor?"

„Mal sehen, wer verfügbar ist. Wie es aussieht, haben die uns ganz schön an der Nase herumgeführt, aber jetzt werden wir den Spieß umdrehen und denen zeigen, wo die Musik spielt."

„Im Zirkus spielt immer Musik, Herr Kommissar."

„Armin, nicht Zirkusmusik. Meine Musik."

Es war schön geworden, oder besser gesagt, schöner. Die Sonne hatte sich gezeigt und der Kommissar hatte wieder einmal die falschen Sachen angezogen. Sein Anorak mit Daunenfüllung kam ihm vor wie ein Schwitzkasten. 'Was man auch macht', sagte er zu sich selbst, 'es ist einfach falsch'.

Sie nahmen die Lindwurmstraße, vom Isartor Richtung Süden. Die Schwanthalerstraße war wieder einmal zu. Das Viertel dort war nichts für Leichtgewichte, was hieß, dass dort ab und zu Razzien stattfanden und man wieder einmal versuchte aufzuräumen. Es nutzte nichts, aber wenigstens zeigte man, dass man immer noch ein Auge auf diese Straße hatte, wenn das Auge auch schon halb blind war und immer wieder eines drauf bekam. Die Gegend, besonders die

Seitenstraßen, waren fest in albanischer, türkischer und russischer Hand, wobei man mit 'russisch' alle möglichen kleinen Staaten meinte, die einst zum großen russischen Reich gehört hatten. Im Prinzip war es auch egal, zu welcher Völkergruppe sie gehörten, die das Regiment führten, es waren jedenfalls keine Deutschen. Und man verhielt sich nicht wie Deutsche. Man war in einem fremden Land, mit Gewohnheiten und Regeln, die man nicht verstand, oder nicht verstehen wollte. Also hielt man sich nicht daran. Wenn dann jemand fragte, konnte man immer noch so tun, als verstehe man kein Wort.

Sie nahmen also die Lindwurmstraße. Der Kommissar war in der Nähe, nur ein paar Kilometer von dort, aufgewachsen, es war ihm also bekannt wie seine eigene Hosentasche.

„Da drüben, Armin, wo jetzt der Discounter ist, da war einmal ein Kino. Rote Plüschsessel hat des gehabt, mit einem Aschenbecher an jeder Stuhllehne. Damals durfte man ja noch im Kino rauchen. Und geraucht haben die, dass man manchmal die Leinwand nicht gesehen hat. Ganz hinten waren die Logen, ein bisschen höher und mit richtigen Stühlen. Waren auch teuer damals, die Logen, mein ich. Haben wir uns nie leisten können. Da war also jeden Sonntag Nachmittagsvorstellung, um zwei, für die Kinder. Ich und meine Spezln sind fast jeden Sonntag dahin. Jedenfalls immer, wenn wir Geld gehabt haben. Fünfzig Pfennige hat des gekostet. Es hat immer einen Western gegeben. 'Fuzzy' hieß der. 'Die Abenteuer von Fuzzy' oder so. Des war ein kleiner, unscheinbarer Cowboy mit einem Pferd, das in der Mitte so richtig durchgesackt war, wie eine Wiege. Der hat immer alle Bösen besiegt. Meistens dadurch, dass er, wenn er geschossen hat, immer zufällig den Richtigen getroffen hat, obwohl er das gar nicht wollte. Wir haben uns immer kaputt gelacht. Und so haben wir uns dann Amerika vorgestellt. Nichts wie Wüste, böse Cowboys auf durchgesackten Pferden und Schießereien auf der Straße."

„Und jetzt ist es ein Discounter."

„Ja, schon lang. Ich glaub, des Kino hat schon in den fünfziger Jahren zugemacht. So spielt das Leben. Nichts bleibt wie es ist. Das müsstest du doch am Besten wissen."

„Ja, die Zeit ändert sich immer schneller als man denkt. Und wenn man meint, jetzt haben wir wieder einmal Ruhe, geht wieder alles von vorne los."

Sie waren an der Theresienwiese angekommen. Von der Lindwurmstraße aus gesehen lag das Zelt am anderen Ende. Man sah es, sobald man in den Bavariaring einbog, der um den ganzen Platz herumführte. Dort am Ende war das große, blaue Zelt, mit den zwei Stützen, die das imposante Zelt in Form hielten. Zwischen den Stützen waren bunte Fähnchen gespannt, an einer Lichterkette, die abends angeschaltet wurde. Jetzt war es kurz nach Mittag und die Sonne schien. Es gab also keine Lichter. Der Weg zum Zelt war getrocknet, was dem Kommissar besonders gefiel, da er Hoffnung hatte, diesen Tag nicht mit nassen, verschmutzten Schuhen nach Hause gehen zu müssen.

Es war alles ruhig. Die Aufführung würde erst gegen 7 Uhr abends sein, also Zeit genug, sich darauf vorzubereiten. Der Kommissar und Armin betraten das Zelt durch den Haupteingang, durchquerten das Vorzelt und gingen geradewegs ins Hauptzelt. Es wurde geübt. Die Cabreras waren am Trapez, Maria Zahn auf dem Seil. Roman Merz versuchte gerade, ihr einen Salto beizubringen, was scheinbar nicht so einfach war, da er mittlerweile sehr ungeduldig wurde. Die zwei Helfer fegten die Manege und räumten zwischen den Sitzbänken auf. Hinten, auf einer der Bänke, saß Frau Lautermann und sah dem Treiben zu. Neben ihr saß Robert Buchner, der Clown. Nur der Zauberer, Sigmund Korbel, war nirgends zu sehen.

Elfriede Lautermann war die erste, die die beiden erblickte, als sie so neben der Manege standen. Sie stand auf und ging langsam die Stufen hinunter, um den Kommissar und Armin zu begrüßen.

„Sie wieder, meine Herren. Was können wir denn heute für Sie tun?"

„Viel, Frau Lautermann. Wir glauben, dass wir der Wahrheit ein gutes Stück näher sind, und wollten mit allen darüber reden. Wo ist Herr Korbel?"

„Im Wagen wahrscheinlich. Wir können nicht Seiltanzen, Trapez und Pferde zur selben Zeit in der Manege haben."

„Verstehe ich. Kann ihn bitte jemand holen, wir hätten gerne alle zusammen und den Fall diskutiert."

Frau Lautermann rief den Arbeitern zu, sie sollten doch den Herrn Korbel holen.

„Und wo wollen wir uns treffen, Herr Kommissar?"

„Dort, wo wir nach der Vorstellung zusammengesessen waren. An dem langen Tisch."

„Dann folgen Sie mir bitte."

Roland Merz hatte zugehört und verstanden, dass
wohl alle an den großen Tisch kommen sollten. Es
dauerte keine zwei Minuten, und alle hatten sich versammelt.

„Gut, dass alle hier sind, meine Damen und Herren. Wir sind der Wahrheit etwas näher und hoffen,
heute den Fall noch aufzuklären. Wir haben eine Theorie, die vielleicht etwas weit hergeholt klingt, aber
durchaus plausibel sein kann. Fangen wir mit Frau
Lautermann an."

Der Kommissar, der beschlossen hatte, während
seiner Rede erst einmal stehen zu bleiben, ging hinter
Frau Lautermann in Stellung.

„Frau Lautermann hat uns erzählt, dass ihr Mann
zwar manchmal etwas rau, ansonsten aber der liebste
Mann der Welt war. Nun haben wir festgestellt, dass
das nicht ganz so stimmt. Wie wir mehrfach gehört
haben, war das Verhältnis zwischen Ihnen und Ihrem
Mann, Frau Lautermann, nicht mehr das herzlichste,
wie Sie uns weismachen wollen. Des Weiteren wissen
wir, dass der Zirkus in nicht gerade gesunden, finanziellen Wassern fährt. Wir haben Bankauskünfte eingeholt und festgestellt, dass es schon lange an der Zeit
gewesen wäre, hier zuzumachen."

„Alle Zirkusse in Europa haben ihre Geldprob-
leme. Die sind immer nur temporär, Herr Kommissar.

Wir verdienen nur 8 Monate im Jahr und die finanziellen Verhältnisse werden sich wieder bessern, wenn wir weiter in der Saison sind."

„Das mag wohl sein, Frau Lautermann, aber ich rede nicht von ein paar Monaten Engpass. Die Verpflichtungen, die Sie haben, übersteigen bei Weitem die Möglichkeiten, die Sie haben, um das Schiff wieder flott zu machen."

Der Kommissar ging ein bisschen auf und ab, um seine nächsten Sätze gut zu überlegen.

„Und nun kommen wir zu Herrn Merz."

Der Kommissar stellte sich hinter Herrn Merz und verschränkte seine Arme.

„Wie wir von den Morellis wissen, haben Sie einen Anruf von einer Frau bekommen, die gesagt hat, dass Herr Lautermann eine CD von der Post abgeholt hat, die, wenn sie in fremde Hände fiele, nicht gut für den Zirkus, oder speziell für Sie sehr schlecht wäre. Was immer das auch bedeutete. Sie wussten es nicht, hatten nicht einmal einen Verdacht. Daraufhin sind Sie also nach München gefahren, da Sie Herrn Lautermann telefonisch nicht erreichen konnten. Weil Herr Lautermann sein Telefon ausgeschaltet hat, da er zu dieser Zeit mit jemandem beschäftigt war."

Eine kleine Denkpause entstand.

„Da Sie, Herr Merz, nun handeln mussten, da Sie zumindest ahnten, was es sein könnte, was auf dieser CD war, sind Sie also nach München gefahren."

„Das hatten wir schon", sagte Roman Merz ein bisschen erregt. „Erzählen Sie uns doch was, was wir noch nicht wissen."

„Auch das wird kommen, Herr Merz, nur Geduld."

Der Kommissar ging wieder ein wenig auf und ab, um sich seine nächsten Worte zurecht zu legen.

„Als Sie nun in München ankamen, haben Sie Herrn Lautermann nicht im Zelt, wo er meist um diese Zeit war, angetroffen, und Sie wussten nicht sofort, wo er war. Dass er nicht in seinem Wagen war, konnten Sie sich vorstellen. Um diese Zeit war er selten in seinem Wagen. Und dann haben Sie gewartet. Nicht am Wohnwagen, sondern am Eingang, gleich dort drüben", wobei der Kommissar mit der Hand auf den Artisteneingang zeigte.

„Sie wussten, dass Herr Lautermann immer noch eine Runde drehen würde, bevor er in seinen Wagen ging um ins Bett zu gehen. Das war seine Routine, jeden Tag, wenn Sie auf Tournee waren. Das hat uns jeder bestätigt, den wir darauf angesprochen haben. Sie mussten also nur warten."

„Eine aufregende Geschichte, Herr Kommissar, nur mit einem kleinen Haken: Sie stimmt nicht. Warum sollte ich denn Herrn Lautermann umgebracht haben? Er hat mir vor zwei Jahren geholfen, hier Arbeit zu finden. Und wie man Ihnen scheinbar schon gesagt hat, habe ich ihn hier liegen sehen und bin dann nach Augsburg zurückgefahren. Er war bereits tot, als ich ankam."

Kapitel 30

Bevor der Kommissar und Armin in den Zirkus gefahren waren und nachdem sie sich die CD angesehen hatten, waren noch zwei Dinge zu erledigen. Das erste war, in Wien anzurufen. Grund dafür war, dass die CD einen Bericht von einem Gefecht in Afghanistan zeigte, der irgendwann – ein genaues Datum war nicht festzustellen – im deutschen Fernsehen gelaufen war. Bei diesem Gefecht wurden vier deutsche Soldaten und ein Österreicher getötet. Einer der getöteten Soldaten war ein Mann namens Roman Merz. Das Datum des Überfalls und Todes der vier Deutschen war der 20. August 2008.

Also rief Armin wieder einmal den Waldmeiler Rudi an.

„Rudi, ich bin's wieder."

„Ja, der Armin. Erst meld'st dich monatelang nicht und jetzt gleich zweimal hintereinander. Was können wir denn diesmal für unsere Freunde in München tun?"

„Hör mal zu. Ich erzähl dir jetzt mal eine Geschichte und du musst mir sagen, was da dran ist. Wir haben gerade einen Bericht vom deutschen Fernsehen gesehen, in dem ein Soldat getötet wurde, der Roman Merz hieß. Dieser Roman Merz war bei einer privaten Sicherungstruppe, nicht direkt beim Militär. Söldner, kann man auch sagen. Wir müssten wissen, ob dieser Roman Merz irgendwie verwandt war mit dem Merz, den wir hier in München haben."

„Dann lass mich doch einmal nachschauen."

Es entstand eine kurze Pause, in der man das Klicken eines Keyboards im Hintergrund hören konnte. Auch Geräusche von anderen Mitarbeitern im Büro, von Türen die zugemacht wurden, Kopiermaschinen, die Papiere aus ihrem Schlund warfen, und jemand, der gegen die Maschine trat und fluchte, da sich wieder einmal Papier gestaut hatte. Auch die österreichischen Kopierer hatten also ihre Probleme. Nach nicht einmal zwei Minuten hörte Armin wieder die vertraute Stimme aus Wien.

„Hier haben wir es, Armin. Ich hab den Namen Merz eingegeben und da kommt ein Rüdiger Merz auf den Schirm, den wir seit Jahren hier in Österreich suchen, oder besser gesagt, gesucht haben. Schwerer Raub und Körperverletzung und noch ein paar andere Sachen, Drogen und so. Das Übliche. Ist aber, wie ich hier sehe, verstorben. Wir haben auch eine Sterbeurkunde von einem Rüdiger Merz im Computer."

„Wenn jemand stirbt, wer bekommt denn dann als erster die Nachricht? Doch immer die nächsten Verwandten, oder?. Sind denn der Rüdiger und der Roman verwandt miteinander?"

„Lass mal sehen. Ja, da gibt es einen Roman Merz, der ist der jüngere Bruder von dem Rüdiger. Den haben wir einmal befragt, ob er wüsste, wo sein Bruder sich aufhält, hat aber gesagt, er hätte keinen Kontakt zu ihm. Sein Bruder würde in Österreich und er in Deutschland leben. Der ist aber irgendwie verschwunden, dieser Roman Merz. Hat keine Adresse hinterlassen. Die einzige Adresse, die wir haben, ist die in Linz, und das ist die vom Rüdiger Merz."

„Und die Sterbeurkunde, die ist auf einen Rüdiger Merz ausgestellt. Wer hat euch die eigentlich zugeschickt?"

„Lässt sich nicht mehr feststellen. Ist aber ein amtliches Papier, ausgestellt von einem Arzt in Frankfurt. Wir lesen die nur ein und schließen den Fall ab. Für uns ist der Rüdiger Merz gestorben und damit ist für uns auch die Akte geschlossen."

„Und welches Datum steht auf der Urkunde?"

„Lass mal sehen, aha, hier, 20. August 2008."

„Nehmen wir also mal an, dass der Tote nicht Rüdiger Merz war, sondern Roman Merz, und der Bruder die Identität seines Bruders angenommen hat, um ein neues Leben anzufangen. Er lässt also Rüdiger Merz sterben und nimmt sich den Namen und das Leben seines Bruders."

„Wie soll das denn gehen?"

„Na ja, ganz einfach, alle persönlichen Sachen von Roman Merz sind wahrscheinlich zu seinem Bruder Rüdiger geschickt worden, und dann kam ihm die Idee. Dann hat er aus Roman eben Rüdiger gemacht. Damit war er auf einmal alle Probleme los. Auch euch war er los, wie du siehst. Ihr habt doch keine Verbindung zum Militär und ihr hattet auch keinen Grund, an der Sterbeurkunde zu zweifeln. Nur aus Neugierde, was war denn die Todesursache?"

„Rüdiger Merz, erschossen durch vier Kugeln, eine in den Kopf und drei in den Oberkörper. Bei dem seinen Lebensstil hat uns das nicht gewundert. In den Kreisen ist man schnell mal unter der Erde, wenn man nicht aufpasst."

„Und genau damit hat der Rüdiger Merz gerechnet. Dass ihr euch auch noch freut, dass wieder einer weniger ist, den man suchen muss."

„Hast schon irgendwie Recht, Armin, uns ist des egal. Das passiert schon fast jeden Tag, dass die sich gegenseitig eine Kugel geben. Besonders die aus dem Osten, die scharenweise hier ankommen und sich einen Platz an der Sonne erschießen wollen. Gar grausam ist des."

„Hier ist es auch nicht viel besser. Habt ihr eigentlich Fingerabdrücke von dem Rüdiger Merz?"

„Aber ja, und die schick ich euch. Wir haben auch eine DNA, die schick ich gleich mit. Und lass mich wissen, was dabei rauskommt. Des is ja eine Geschichte, nein, nein, was soll man da sagen? Turnt da einer rum, der eigentlich gar nicht der ist, der er sein sollte. Seltsam, auf welche Ideen die Leut immer kommen. Da kannst ja nicht mehr mithalten."

„Da magst wohl recht haben, Rudi. Es wird immer wilder und irgendwie sind die immer einen Schritt schneller. Aber wir geben nicht auf, die müssen wissen, dass wir da sind."

„Und wann kommst du mal nach Wien? Würd mich gern revanchieren, weißt eh."

„Ich komm schon mal. Mit dem Zug ist es ja nicht mehr als zwei Stunden oder so. Bis dann, pass gut auf dich auf."

„Werd ich und Pfüa Gott." Was so viel heißen soll, wie 'Führe dich Gott'. Der bayerische Abschiedsgruß.

Damit war das Gespräch beendet. Ein Problem war scheinbar gelöst und ein weiteres hatte sich aufgetan. Man wusste, dass der richtige Roman Merz wahrscheinlich tot war und der Bruder sein Leben übernommen hatte. Dann ergab es auch Sinn, dass er nie über seine Vergangenheit geredet hat. Der Grund, den er vorgegeben hatte, dass er nicht daran erinnert werden wolle, war nur eine Schutzbehauptung. Er wusste nichts davon zu erzählen, da er ganz einfach nicht dort war, in diesem Land und diesem Krieg, an dem er vorgab, teilgenommen zu haben.

Der zweite Anruf galt Andreas Potschenrieder. Wie immer, hatten sie das Gefühl, oder die Vorahnung, dass man ihn am Ort des Geschehens brauchen könne. Also riefen sie ihn an. Diesen Part hatte der Kommissar übernommen, da Andreas Potschenrieder immer noch an die Hierarchie des Beamtentums glaubte. Und deren Einhaltung streng folgte. Armin Staller hatte da keine Chance, gehört zu werden, außer er wäre Hauptkommissar und zwei Gehaltsstufen höher. So musste also der Kommissar das Gespräch übernehmen.

„Andreas, wir brauchen wieder einmal deine Unterstützung. Weißt eh, wir wollen verhindern, dass wieder einer das Weite sucht, bevor wir ihm seine Rechte vorgetragen haben."

„Kann ich schon verstehen, Herr Kommissar. Mach ich gern für euch. Dürft's mich nur nicht verpfeifen, wenn ich den a bisserl hart anfass'. Manchmal brauchen die des, weil die keine andere Sprache nicht verstehen."

„Wissen wir, Andreas. Also, pass auf: Wir fahren jetzt gleich los zum Zirkus. Jetzt ist es grade einmal ein Uhr, also gib uns eine halbe Stunde. Du solltest dich so gegen zwei Uhr mit noch fünf Kollegen ums Zelt herum postieren, am Besten je zwei am vorderen und am hinteren Ausgang. Dann noch zwei auf der Seite, obwohl ich denk, dass, wenn jemand abhaut, die Person den hinteren Ausgang nimmt. Wer immer dort rauskommt, Andreas, einfach festhalten und Handschellen anlegen. Wenn's die falsche Person ist, können wir uns immer noch entschuldigen."

„Verstehe, Herr Kommissar. Können's sich auf uns verlassen."

„Andreas, magst noch a Bier?", klang es durchs Telefon im Hintergrund. Der Kommissar hatte sich schon über die Nebengeräusche gewundert, die nicht nach Polizeidienstelle klangen, jedoch bis dahin nichts gesagt.

„Wo bist denn eigentlich, Andreas?"

„Ja, Brotzeit machen wir halt, hier am Viktualienmarkt. Und wir stellen sicher, dass hier nichts passiert, gell, Zenzi? Polizei hier haben, hat noch nie nicht geschadet. Und nein, Zenzi, kein Bier mehr, weil wir jetzt einen wichtigen Auftrag haben. Wir werden uns ganz leise ums Zelt verteilen, Herr Kommissar, Sie werden nichts merken."

„Genau das wollte ich noch sagen. Keine Musik, wenn ihr ankommt."

„Schon verstanden."

Damit war die Konversation beendet. Andreas Potschenrieder würde, wie schon so oft vorher, wieder einmal Wache halten und verhindern, dass man Steuergelder für Fahndungen ausgibt, die man vermeiden konnte.

Kapitel 31

„Sie, Herr Cabrera, sind gegen halb sechs dann ins Zelt gegangen, um vorgeblich nach dem Rechten zu sehen. Das allerdings, glauben wir Ihnen nicht. Wir nehmen vielmehr an, dass Sie einen Anruf bekommen haben. Von wem, wissen wir noch nicht. Vielleicht können Sie uns das sagen?"

Herr Cabrera war nicht geneigt, dem Wunsch des Herrn Kommissar nachzukommen.

„Laut der Telefongesellschaft", fing Armin an zu erklären, „hat es einen Anruf auf Ihr Handy gegen 5 Uhr 20 gegeben. Die Nummer des Anrufers war nicht festzustellen, da dieser ein vorausbezahltes Handy benutzt hat, das eine willkürliche Nummer hat, die niemandem zugeordnet werden kann. Wenn die Telefonkarte leer ist, schmeißt man sie einfach weg."

Der Kommissar war froh, diese technischen Details Armin überlassen zu können.

„Danke, Armin. Aber ich glaub, des weiß jeder", und sah ihn ein bißchen erstaunt an.

„Die Tatsache, dass Sie 10 Minuten später im Zelt waren, lässt mich annehmen, dass es jemand war, der Ihnen gesagt hat, dass Herr Lautermann tot dort liegt. Und dass Sie diese CD suchen sollen. Es kommen nur zwei Personen infrage, die Sie angerufen haben können: erstens der Mörder und zweitens Herr Merz, da er wusste, dass dort ein Toter liegt. Oder ein Dritter, von dem wir noch nicht wissen, wer es ist."

Es entstand wieder eine kleine Pause, die der Kommissar absichtlich einführte, um das Gesagte wirken zu lassen. Keiner der Beteiligten trug etwas zur Unterhaltung bei, alle saßen nur stumm herum und sahen entweder auf den Boden oder ins Leere.

„Unsere Frage, wie der Tote lag, auf dem Bauch oder auf der Seite, war eigentlich überflüssig, da Sie den Toten selbst umgedreht und nur behauptet haben, dass es jemand war, der noch im Zelt war. Es war niemand im Zelt, außer Ihnen. Sie selbst haben die CD gesucht und nicht gefunden, da er sie nicht in der Tasche hatte. Wir wissen das, da wir keine Spuren von Plastik oder ähnlichem an der Stelle, wo man die CD suchte, gefunden haben. Das war die Stelle, wo die tödliche Kugel die Jacke durchschlagen hat. Sollte dort wirklich eine CD gewesen sein, hätte diese Kugel sie zerstört und damit auch Spuren hinterlassen. Sie sind dann zu Frau Lautermann gegangen, und alles Weitere wissen wir bereits."

„Und warum sollte ich Interesse an dieser CD haben?", fragte Antonio Cabrera auf einmal. Scheinbar war er doch an dem Gespräch interessiert.

„Ganz einfach, Herr Cabrera: Diese CD hatte etwas mit Roman Merz zu tun. Das hat der Anrufer Ihnen sicher gesagt. Und Sie konnten Roman Merz nicht leiden. Er kam so einfach in den Zirkus und hat das Regiment übernommen, hat Ihnen gesagt, was Sie zu tun haben. Herr Lautermann wollte Ihren Vertrag nicht mehr verlängern, da er dachte, einen spektakuläreren Akt bieten zu müssen. Nur Herr Merz hat

Herrn Lautermann dazu gebracht, es noch eine weitere Saison mit Ihnen zu versuchen. Aber das wussten Sie nicht."

„So, und woher wollen Sie denn das wissen?"

„Das stimmt, Antonio. Wir haben oft über dich geredet", meldete sich Frau Lautermann zu Wort. „Und der Kommissar hat recht. Der einzige Grund, euch noch eine Chance zu geben, war Roman, der Karl dazu überredet hat, euch noch ein Jahr zu behalten. Du tust ihm unrecht, Antonio. Er war dein Freund, auch wenn du das nicht glaubst."

„Wir haben das auch von den Morellis, die engen Kontakt zu Herrn Lautermann hatten, und auch besonders mit Herrn Merz", meinte der Kommissar, nur um die Aussage von Frau Lautermann noch zu unterstützen.

„Wie alle wissen, ist Herr Merz von den Morellis hier in den Zirkus gekommen. Zusammen mit Ihnen, Herr Buchner. Ist das richtig?"

Herr Buchner, der Clown, war bisher, wie alle anderen eigentlich auch, nur ruhig dagesessen und hatte, mehr oder weniger aufmerksam, zugehört. Nun erschrak er, als er seinen Namen hörte.

„Was meinen Sie, Herr Kommissar?"

„Dass Sie zusammen mit Herrn Merz vom Zirkus Morelli gekommen sind."

„Ja, das ist allerdings richtig. Was wollen Sie damit sagen?"

Herr Buchner sah verstört aus, als hätte man ihn bei irgendetwas ertappt. Nur wobei? Bisher war er teilnahmslos dabei gesessen und hatte nichts gesagt.

„Nichts Bestimmtes, Herr Buchner, nichts Bestimmtes. Sie hatten ein gutes Verhältnis zu Herrn Lautermann, es würde mich nicht wundern, wenn er Sie ins Vertrauen gezogen hätte. Ich meine, Sie sind mit Herrn Merz gekommen und da gäbe es doch einen Grund, das mit Ihnen zu besprechen. Haben Sie darüber gesprochen?"

Herr Buchner druckste herum.

„Herr Buchner, wir haben DNA von mehreren Personen an der CD gefunden", und dabei sah der Kommissar Herrn Buchner eindringlich an.

Wie in diesen Tagen üblich, hatte man von allen Beteiligten, oder mutmaßlich Beteiligten, DNA-Proben genommen, um diese mit den Funden der KTU zu vergleichen.

„Eine war die von Herrn Lautermann, die andere von Ihnen. Dann noch weitere, die wir noch nicht zuordnen können, also scheinbar nicht aus dem Kreise derer stammen, die hier anwesend sind. Zwar war die CD gut gereinigt, aber heute muss man schon scharfe Mittel verwenden, wollte man alle Spuren beseitigen. Auch die Schrift, haben wir festgestellt, ist von Ihnen. Wir haben Eintragungen in der Buchhaltung gefunden, die genau dieser Schrift entsprechen, die auf der Hülle war. Erst dachten wir, dass sich jemand verstellt habe, aber das war nicht der Fall."

„Ja, ich habe Ihnen die CD geschickt, aber umgebracht habe ich ihn nicht. Ich wollte nur, dass Sie wissen, was auf der CD ist. Karl hat sie mir gegeben und gesagt, ich soll sie aufbewahren, er würde darüber nachdenken, was er damit macht, und am nächsten Tag eine Entscheidung treffen. Da der Roman nicht hier war, konnte man ja auch nichts besprechen."

„Ich weiß, Herr Buchner. Sie hatten kein Interesse, Herrn Lautermann umzubringen. Ich wollte nur wissen, wer die CD hatte, und zwar von Anfang an. Warum hat er sie eigentlich nicht selbst behalten und Ihnen gegeben?"

„Er meinte, dass das, was auf der CD ist, nur ihn etwas anginge und sie bei mir am sichersten wäre. Er wollte keine dummen Gerüchte aufkommen lassen. Und wenn er sie seiner Frau gezeigt hätte, wäre er gezwungen gewesen, alles mit ihr zu besprechen. Und das wollte er nicht."

Dem Kommissar entkam ein kleines Lächeln, das erstens Herrn Buchner beruhigen und zweitens Zustimmung zu seiner Aussage sein sollte. Nur Frau Lautermann war sichtlich nicht von der Aussage angetan, sagte aber nichts dazu. Sie dachte sich offensichtlich ihren Teil.

„Da wir das nun alles wissen, bleiben nur noch zwei Fragen offen. Die erste wäre: Wer hat Herrn Lautermann umgebracht?, und die zweite: Warum? Wie schon erwähnt, war uns nämlich schon seit einiger Zeit bewusst, dass die CD nicht der eigentliche Grund für den Mord war. Es musste mehr als das geben. Zu viele Tatsachen sprachen dafür, zu viele Einzelheiten waren aneinander gereiht, die es zu offensichtlich machten, dass das nur ein Plan war, um uns in die Irre zu führen."

Damit ging der Kommissar hinter Armins Stuhl und stützte sich an der Rückenlehne auf.

„Nun, da wir jetzt wissen, wer die CD an sich genommen hat, stellt sich die Frage, wer Herrn Merz angerufen hat. Dies muss dieselbe Person gewesen sein, die Herrn Lautermann umgebracht hat. Die CD war Teil des Planes und der schien nun nicht mehr aufzugehen, da die CD aus dem Spiel war. Diese Person wollte damit den Verdacht auf Herrn Merz lenken und uns von Anfang an damit an der Nase herum führen. Also brauchte man die CD. Wir haben ja für einige Zeit wirklich gedacht, dass es nur Herr Merz gewesen sein konnte. Aber nur für kurze Zeit."

Der Kommissar machte eine kleine Pause, in der er wieder in die Runde blickte und sichtbar nachdachte.

Auch die anderen in der Runde sahen sich alle an und warteten gespannt darauf, was nun endlich kommen würde.

Der Kommissar ging auf und ab, sah eine Person nach der anderen an und versuchte, in deren Gesichtern zu lesen. Irgendjemand würde früher oder später einen Fehler machen, nur wann? Er erinnerte sich an die blauen Hände, die Maria Zahn erwähnt und mit denen ihr Vater immer den Schuldigen gefunden hatte. Er hatte sich so einen Trick ausgedacht. Einen Trick, mit dem sich der Täter verraten würde. Wir sind schließlich im Zirkus. Dort sind Tricks an der Tagesordnung. Und erlaubt.

Es fing wieder an zu regnen. Das Wasser schlug in großen Tropfen auf das Zeltdach und machte ein Geräusch, wie bei einem Trommelwirbel vor dem großen Finale. Es war ein kurzer, aber heftiger Guss. Sofort wurde es feucht im Zelt. Der verhältnismäßig enge Raum füllte sich mit dem Dunst des Wassers, das den Weg durch all die Öffnungen gefunden hatte. Die Wärme der Menschen ließ es dampfen und sich im Zelt verteilen. Mit ihm kamen wieder die Gerüche auf, die sich bisher in Grenzen gehalten hatten. Gerüche nach Zirkus, Stroh, nasser Erde und Schweiß.

'Nicht schon wieder Regen', dachte der Kommissar. 'Hat denn der Himmel kein Mitleid mit mir?' Ein leiser Seufzer der Verzweiflung entkam ihm.

„Die meisten Morde werden aus Liebe begangen", fuhr er in seiner Rede fort. „Nicht unbedingt immer Liebe, die als Zuneigung gemeint ist, nein, eigentlich mehr wegen der vergangenen Liebe, die umgeschlagen ist in Hass. Oder manchmal auch wegen beidem."

Als er dies sagte, blickte er dabei Frau Lautermann an, die ihren Kopf senkte und nichts dazu sagte.

„Aber auch das ist nur eine Theorie. Was allerdings keine Theorie ist, ist die Tatsache, dass wir einen Knopf neben Herrn Lautermanns Kopf gefunden haben, den wir eindeutig, durch angeheftete Stoffreste und DNA, einem bestimmten Trainingsanzug zuordnen können. Er muss dort heruntergefallen sein, als der Mörder nachgesehen hat, ob Karl Lautermann auch wirklich tot ist."

In diesem Moment blickte Frau Zahn auf den Hosenbund ihres blauen Trainingsanzuges und einen kurzen Moment später auf Frau Lautermann. Da Maria Zahn am Ende der Bank saß, war es für sie ein Leichtes, von dort herunterzurutschen und sich eiligst dem Ausgang zuzuwenden. Sie wollte, wie der Kommissar es vorausgesehen hatte, entkommen. Wie erwartet, gab es außerhalb des Zeltes einen kleinen spitzen Aufschrei und einen kurzen Wortwechsel. Alle, die am Tisch saßen, sahen sich erstaunt an, außer Frau Lautermann, der kleine Tränen die Wangen herunterliefen.

Andreas Potschenrieder kam ins Zelt, Frau Zahn in Handschellen vor sich herschiebend. Maria Zahn sah sich in der Runde ihrer Kollegen um und blickte stumm vor sich hin. Dann wandte sie sich an Kommissar Wengler.

„Sie haben keinen Knopf gefunden, Herr Kommissar, nicht wahr?"

Der Kommissar antwortete nicht, sondern sah Frau Zahn nur vielsagend an. Dann sagte Frau Zahn zum Kommissar: „Es war nicht meine Idee, sie hat mich dazu getrieben. Sie müssen wissen, Herr Kommissar, dass wir uns geliebt haben."

„Karl Lautermann und Sie?", fragte der Kommissar.

„Nein, nicht Karl und ich. Nein, Elfriede und ich. Wie wir im Winterquartier waren…"

„Maria, lass das, das hat nichts damit zu tun."

„Und hat es doch!", sagte sie etwas erregt.

Dann wandte sie sich wieder dem Kommissar zu.

„Dort hat sie mir immer erzählt, wie schön es doch mit uns Zweien wäre und dass der Karl nur stören würde und alles. Wir könnten ganz neu anfangen und endlich aus dem Zirkus machen, was *sie* wolle und nicht Karl. Dann hat sie mir gesagt, dass sie einen Plan hätte. Sie hätte von dieser CD gehört, auf der Roman war, der eigentlich gar nicht der richtige Roman war. Wenn wir das richtig anstellen, meinte sie, könnten wir den Verdacht auf Roman lenken und da der sowieso schon vorbestraft ist, könnte der nichts dagegen tun. Es wäre absolut sicher. Sie hat dann in Augsburg das Auto manipuliert und ich hab ihn angerufen, dass er nach München kommen muss, weil was mit dem Herrn Lautermann sei. Was er auch getan hat. Aber er sollte auch die CD finden, nur war die nicht in der Tasche. Wir wussten nicht, wo sie war."

„Und wer hat die CD abgeschickt?"

„Meine Mutter. Ich habe ihr gesagt, sie soll sie in den Briefkasten werfen, wenn ich unterwegs bin. Sie hat gefragt, was das soll, aber ich meinte nur, dass wär so eine Wette, ob der Umschlag auch ankommen würde. Dann hat sie nicht mehr gefragt."

„Und wie haben sie ihn getötet? Zusammen? War Frau Lautermann dabei?"

„Nein. Sie meinte, je weniger sie davon wüsste, umso besser. Sie würde es mir gebührend danken, wenn dann alles vorüber ist."

„Und wo ist die Waffe?"

„Die habe ich Frau Lautermann zurückgegeben, noch am selben Abend. Sie hat im Wagen, wo die Tiere untergebracht werden, auf mich gewartet. Sie fragte mich nur, ob es denn schnell gegangen wäre oder er hätte leiden müssen. Dann hat sie die Waffe genommen, nachgesehen, wie viele Patronen noch drin sind und mich nach Hause geschickt. Sie meinte noch, ich sollte jetzt den Roman anrufen, wegen der CD, dass der nach München kommt, und mich nicht mehr aus meinem Wagen bewegen."

„Frau Lautermann, was haben Sie dazu zu sagen?"

Frau Lautermann sah zuerst Maria Zahn an und dann den Kommissar. Die Tränen liefen langsam aber stetig ihre Wangen herunter. Ab und zu wischte sie sich mit dem Handrücken über das Gesicht, was nur den Effekt hatte, die Schminke von ihren Augen darauf zu verteilen. Dann sah sie den Kommissar an und fing leise und langsam an zu reden.

„Das einzige, was ich dazu zu sagen habe, ist, dass das, was Maria hier erzählt hat und mich betrifft, absoluter Unsinn ist. Auch habe ich nie eine Waffe besessen, ihr eine gegeben oder eine von ihr angenommen. Ich habe sie weder gefragt, meinen Mann zu töten, noch habe ich einen sogenannten Plan entwickelt, um Roland dann verdächtig zu machen, es getan zu haben. Ich wusste von alledem absolut nichts. Auch dass wir ein Verhältnis haben sollten, ist völlig aus der Luft gegriffen. Ich habe nie sexuelles Interesse an Frauen gehabt und werde es auch nie haben. Und ich finde es absolut niederträchtig von ihr, mich in diese Geschichte mit hineinzuziehen. Warum sie das getan hat, bleibt mir ein Rätsel, aber wie sie bereits gesagt haben, Herr Kommissar, war es wahrscheinlich aus

Liebe. Oder nicht erwiderter Liebe, die in Hass geendet ist. Mein Mann hat das nicht verdient, und ich hoffe, sie wird dafür gerecht bestraft werden."

„Frau Lautermann, Sie wissen, dass Sie genauso schuldig sind am Tod Ihres Mannes, wenn sich herausstellt, dass die Geschichte von Frau Zahn richtig ist."

„Ist sie aber nicht. Wie ich schon gesagt habe, ist das alles nur erfunden und erlogen. Sie werden keinen Beweis für diese Niedertracht finden. Keinen."

Maria Zahn blickte bestürzt und ungläubig auf Elfriede Lautermann und konnte nicht begreifen, dass sie nun scheinbar ganz alleine für diese Tat verantwortlich sein sollte. Der Kommissar musste sich setzen. Er hatte sich einen der Stühle geholt, die dort frei herumstanden, ihn an den Tisch gebracht und Platz genommen. Maria Zahn stand immer noch unter der Bewachung von Andreas Potschenrieder nahe dem Ausgang. Es wurde wieder kalt und ungemütlich. Der Regen hatte aufgehört, aber Wind war aufgekommen und ließ das Zelt nicht zur Ruhe kommen. Alle Zeltbahnen flatterten, blähten sich auf und zogen an den Seilen. Die Stangen knarzten und machten laute, quietschende Geräusche, wenn sie sich bogen und an den Seilen rieben. Auch wenn er Vertrauen zur Technik und den Fähigkeiten der Zirkusleute hatte, mit diesen Zelten umzugehen, war ihm nicht ganz wohl bei dem Gedanken, in einer doch sehr labilen Behausung zu sitzen. Er hatte das Gefühl, alles würde früher oder später auf ihn und die anderen Beteiligten herunterfallen.

Herr Korbel, der bislang nichts gesagt hatte, stand auf einmal langsam auf und ging auf Maria Zahn zu. Polizeimeister Potschenrieder sah zum Kommissar, mit einem fragenden Ausdruck im Gesicht. Der Kommissar nickte und zeigte damit, Herrn Korbel gewähren zu lassen. Dieser nahm Maria in den Arm und sprach leise zu ihr, deren Gesicht sich auf einmal erhellte. Scheinbar hatte er etwas gesagt, was sie betraf und ihr aus ihrer Situation helfen konnte. Dann drehte er sich um und wandte sich an den Kommissar.

„Manchmal, wenn ich nicht schlafen kann, und das kommt in letzter Zeit fast jede Nacht vor, gehe ich noch zu unserem Pferd, lege mich neben ihn und genieße die Wärme und Herzlichkeit, die dieses Tier ausstrahlt. Sie werden mich vielleicht nicht verstehen, Herr Kommissar, aber es gibt mir etwas. Nur wer mit Tieren zu tun hat, weiß, wovon ich rede. Tiere sind nicht wie Menschen, müssen Sie wissen. Sie geben ihnen ihre Wärme, ohne dafür etwas zu verlangen. Ich war auch an diesem Abend, als Karl erschossen wurde, bei unserem Pferd, dem Adam. Von dem Mord habe ich nichts mitbekommen, dazu war alles zu weit weg. Aber ich habe gehört, wie Maria in den Wagen kam und sich mit Elfriede unterhalten hat. Ich kann Ihnen bestätigen, dass alles, was sie gesagt hat, richtig ist. Ich weiß, dass ich schon lange etwas hätte sagen sollen, aber sie werden vielleicht wissen, wie schwer es ist in meinem Alter noch ein Engagement zu bekommen. Ich habe immer gehofft, dass sich alles aufklärt, ohne mein Zutun. Jetzt sehe ich, dass das nicht der Fall ist und deshalb muss ich jetzt was dazu sagen. Wenn Sie die Waffe suchen, sie ist unter dem losen Brett, gleich neben dem Hundezwinger. Sie müssen die kleine rote Kiste, die dort steht und worin wir die Halsbänder aufbewahren, hochheben. Darunter finden Sie ein loses Bodenbrett und wenn Sie das herausnehmen, die Waffe. Ich habe gesehen, wie Elfriede sie dort hineingetan hat. Sie konnte mich nicht sehen, da der Pferdestall ganz hinten im Wagen ist und sie am Eingang saß. Außerdem war es dunkel, aber wenn sie lange im Dunkeln sitzen, sieht man auch, was passiert."

Frau Lautermann wurde aschfahl. Sie fiel in sich zusammen, vergrub ihre Hände ineinander und wollte losschreien. Dann sah sie den Kommissar an und auf den Ausgang.

„Es hat keinen Sinn, Frau Lautermann. Das Zelt ist umstellt, Sie kommen hier nicht heraus. Ich glaube, wir müssen uns im Revier noch einmal darüber unterhalten, was nun genau passiert ist."

Wie erstarrt saß Frau Lautermann nun auf der Bank. Alle Augen waren auf einmal auf sie gerichtet.

„Armin, nimm bitte einen der Kollegen und gehe mit Herrn Korbel in den Tierwagen und bring uns die Waffe. Vergiss nicht, Handschuhe anzuziehen. Und dann machen wir uns auf den Weg ins Präsidium. Ich glaube, wir sind hier für heute fertig. Andreas, nimm bitte Frau Lautermann und Frau Zahn mit aufs Revier. Sie sollen sich über Nacht in der Zelle ausruhen und gut nachdenken, was sie uns erzählen wollen. Vielleicht werden wir dann morgen herausfinden, wie es wirklich gewesen war. Und ruf einen deiner

Kollegen. Wir werden auch Herrn Merz mitnehmen müssen."

Der Kommissar und Armin fuhren zusammen in Richtung Präsidium. Es war windig geworden. Der Himmel hatte sich zugezogen und gab keinen blauen Hoffnungsschimmer preis. Die Straßen waren mittlerweile wieder voll vom Nachmittagsverkehr, der den ganzen Tag nicht abreißen wollte. Es gab immer einen Grund für die endlosen Staus, nur nannte man ihn unterschiedlich, je nachdem, welche Zeit des Tages es war. Der Kommissar schob diesen Umstand meist auf die 'depperten' Fahrer, die lieber mit dem Fahrrad fahren sollten, als den Verkehr mit ihren Blechkisten zu behindern. Dass er selbst in einer solchen Blechkiste saß, war Nebensache in dieser Diskussion und nicht von Bedeutung. Jedenfalls nicht für ihn.

„Wieder eine Ikone einer vergangenen Zeit ausgelöscht. Es gibt ihn nicht mehr, den Zirkus Tropkow."

„Aber nicht, weil er nicht mehr in unsere Zeit gepasst hätte. Man hat den Direktor erschossen, Herr Kommissar, deswegen gibt es ihn nicht mehr. Und das hatte nur wenig mit dem Zirkus zu tun."

„Wirklich? In allen Gesellschaften, Armin, ist der Zerfall der Gemeinschaft das erste, das den Untergang herbeiführt. Die Gemeinschaft der Zirkusleute zerfällt, Armin. Früher gab es das, was man Zusammengehörigkeit nannte. Das Miteinander durch dick und dünn. Heute ist es nur noch Geschäft. Und noch dazu eines, das nicht mehr in unsere Zeit passt und scheinbar nicht mehr viel abwirft. Es gibt keine echte Liebe mehr zu dieser Einrichtung. Auch von uns nicht, die wir ihn doch so vermissen. Das war es, was den Zirkus Tropkow zerstört hat."

Am Isartor ließ der Kommissar wieder halten.

„Lass mich hier raus, Armin. Heut geh ich noch in die Hundskugel. Saure Lunge."

Der Zirkus wurde aufgelöst. Es dauerte nicht einmal zwei Tage, dann waren alle Wagen beladen und weggefahren. Die Familie Cabrera fuhr in das Winterquartier nach Westfalen. Herr Korbel und Herr Buchner fuhren nach Dasing, ins Altersheim der Zirkusartisten. Sie nahmen den Tierwagen mit, samt aller Tiere. Nun hatte auch das Pferd Adam sein letztes Zuhause gefunden. Die Wagen von Frau Lautermann, Maria Zahn und Roland Merz verbrachte man ebenso nach Dasing und stellte sie dort ab. Es war unwahrscheinlich, dass sie noch einmal benutzt werden würden.

Die Theresienwiese war wieder leer. Keiner sah mehr, wenn man spazieren ging, was sich dort abgespielt hatte. Nichts war mehr zu sehen von der großen Zeit des Zirkus. Auch nicht, was das Ende bewirkt hatte. Nichts von der menschlichen Tragödie, die lange vorher angefangen hatte. Lange, bevor sie dort ihr Ende nahm. Dort auf der Theresienwiese. Der Wind tat den Rest und verwehte auch noch die letzte Erinnerung. In ein paar Tagen würde wieder Gras wachsen. Alles würde wieder aussehen wie früher. Als wäre nie etwas passiert. Nur der Zirkus war tot

und würde nicht mehr erweckt werden. Und die Tauben und Raben pickten sich, was immer zu finden
war, von der Wiese.

ENDE

Vor langer Zeit in München aufgewachsen und zur Schule gegangen, habe ich dort auch Maschinenbau, Fachrichtung Physik, studiert. Meine nicht nachlassende Neugierde hat mich dann im Jahre 1985 in die USA verschlagen, wo ich bis heute lebe und arbeite.

Vor ein paar Jahren habe ich mich entschlossen, mich ganz dem Schreiben von Büchern zu widmen. Ich versuche, Bücher in einer leicht verständlichen Sprache zu verfassen, einer Sprache, die man gut lesen kann; Bücher, die entspannen, die man gerne liest, bei denen man sich in eine andere Welt versetzen und den Alltag vergessen kann.

Zurzeit nenne ich die Golfküste Floridas mein Zuhause, der Sonne und des unkomplizierten Lebens wegen.

Olaf Maly

Ich möchte mich an dieser Stelle bei zwei Personen bedanken, ohne deren Hilfe dieses Buch nicht zustande gekommen wäre. Da wäre zuallererst meine langjährige Partnerin Marita Stepe, die es stets auf sich nimmt, die erste Fassung meiner Bücher zu lesen, und mit konstruktiver Kritik auf die Handlung Einfluss nimmt. Und dann noch Theresia Riesenhuber, die mit Engelsgeduld meine Fehler ausgemerzt hat.

Sollte Ihnen das Buch gefallen haben, empfehlen Sie es Ihren Freunden.

Und vielen Dank, dass Sie es gelesen haben

Weitere Titel :

Derzeit nur als e-book erhältlich:

Tod am Samstagabend (Kommissar Wengler)

Als e-book und Taschenbuch erhältlich:

Schloss im Süden

Tod am Fenster (Kommissar Wengler)

Das mazedonische Messer (Kommissar Wengler)

Faschingsmord (Kommissar Wengler)

Mord in der Manege (Kommissar Wengler)

Vatertagsblues (Kommissar Wengler)

Nebel über München (Kommissar Wengler)

Florida, Juli 2015

www.ingramcontent.com/pod-product-compliance
Lightning Source LLC
Chambersburg PA
CBHW051508260626
47162CB00008B/2874